川辺でラブソング

夕紀祥平

YUKI Shohei

もくじ

思い出に泣くには若すぎる

午後四時まで学習室で勉強してから市立図書館を出た。かっと夏の太陽が照らす八月の上旬。

夏休みの高校の補習が七月末で終わってから僕は毎日図書館で勉強している。それは公園に隣接しており、樹木の並ぶ道を歩くとさわやかな夏風が吹く。

昨日父方の祖父が亡くなったと電話があり、今朝早く父は母とともに県外の父の実家へ行った。翌日が葬式で翌々日帰ってくる。それまで食事は自分で作らなければならない。とはいえ面倒だからコンビニの弁当で済ませるつもりだった。夜腹が減ったらカップラーメンを食べればいい。もっともここ最近、受験へのストレスで食欲はない。

県内の国立大学へ行くか、都市部の大学へ行くか迷っていた。地方だから国立は、文系は教育学部しかない。教師になりたいとは思わない。だが県外だと下宿代がかさむ。私立だと学費も高い。父も母もお金は心配するなと言うが、問題はそれではない。卒業後の就職をどうするかだ。都市部の大学へ行くのなら、その地で就職しようかと思った。しかしそうすると父母の老後を誰が面倒見るかだ。僕は一人っ子だった。

　そんなことを考えていると、遠くから歌が聞こえてきた。ギターの音も。見ると僕と同じ歳くらいの男子がベンチに腰かけてギターを弾きながら歌っている。西部劇に出てくるような帽子と長い茶髪、タンクトップに短パン。おかしな恰好ではないが、少しくだけすぎだ。僕に気がつくと男は歌を止め、やあ、と言った。

「歌、好きなの？」

　と訊かれ少し戸惑った。初対面でいきなり声をかけられたから。

「よかったらここで聴いてくれよ」

　彼はベンチを指さした。どうしようかと思ったが、この男に少し興味を持ったので聴くことにした。

「ビートルズの『恋におちたら』を歌うよ。でもこれはジョンとハモる歌だからなあ。あ、申し遅れたけど僕のことはポールって呼んでくれ」

　そう言って彼はギターを弾き歌い始めた。変わったやつだ、と僕は思った。おそらくポール・マッカートニーになりきっているんだろう。洋楽にあまり興味はないが、ビートルズのメンバーの名前くらい知っている。

　メロディがどんどん高まってゆく。とうとう途中で彼の声は裏返った、そこで歌は止まり、彼は笑った。

「だめだ、やっぱりこれは歌えない」

ポールはGのフォームで弦を鳴らした。ギターのことは僕も少し知っている。

「君の名前はなんていうんだい？」

僕は高橋マナブ、マナブは勉学の学だと言った。

「マナブ……英語だとスタディだな。じゃこれから君をスタディって呼ぶよ」

僕はやめてよ、と言った。スタディなんてニックネームは変じゃないか。

「わかった。じゃ、ジョンて呼ぶよ」

どうしてスタディがジョンになるんだろう。

奇妙な彼に関心が湧き、僕はポールにここで何をしているのか尋ねたところ、一人旅をしているんだと言った。

「人が集まるような場所で弾き語りをすると、聴いていた人たちがギターケースにお金を入れてくれるんだ。それを収入にしているのさ。たまたま通ったこの公園の雰囲気がいいから休憩していたんだ。そしたらつい歌いたくなって」

「ところでどこまで行くつもり？」

「北海道の苫小牧」

あっさり彼が言った。僕は驚いた。ここは北陸のF県だ。

「君の出身地は？」

「大阪さ」

「どうして大阪から苫小牧まで行くの？」

彼はギターをケースに入れた。

「苫小牧へ行くことが目的さ。なぜ苫小牧かなんて理由はない。とにかくそこまで行くのさ」

僕は彼がさっぱりわからなくなった。わかってきたのは、こいつは多分そんなに悪い奴じゃない、ということだ。

「ところで今夜はどこで泊まるの？」

「とりあえずここの公園で寝ようと思う。寝袋はあるんだ」

今さらながら気がついた。ポールはとんでもなく汗臭い。

「よかったら僕の家へ泊まらない？」

ポールは怪訝な顔つきになった。

「部屋代は払えないよ。日々弾き語りで金を稼ぐ身だ」

僕はポールに言った。部屋代なんていらない。父母は留守で僕一人だ。夕食も家にあるものなら料理して食べていい。一人でいるよりポールと一緒の方が愉しそうだ。なにより君は一度風呂に入って汗を流した方がいい。

「そうか、じゃ、お世話になるかな」

ポールはベンチから立つと、ギターケースを肩にかけた。

家に帰り、まず風呂の湯を張った。次に冷蔵庫を開け中の物をポールに見てもらった。

「野菜炒めを作ろう。お米はどこにある？」

僕は白米が入っているところを教えた。ポールは炊飯器の釜に白米を入れ水で梳いた。

電気炊飯器のスイッチを押すと人参や玉ねぎを刻んでいった。

「上手だね」

「ファミリーレストランでバイトしてたんだ。見よう見まね、ってやつさ」

夕食ができ、食べる前にポールに風呂に入ってもらった。ボサボサの彼の長髪はシャンプーとリンスでさらさらになった。改めて見てみるとなかなかいい男だ。

「ポールは何歳？」

「十八」

　驚いた。僕と同じ歳だ。

「じゃ、高校生じゃないか」

「この春卒業したんだ。大学や専門学校には入っていない。六月までバイトしてたけど今はプータロウさ。あ、プータロウって意味わかるかな」

　僕は少し混乱した。高校卒業後、進学も就職もせず一人旅するわけは何だ。それも貯金してではなく、行く先々で弾き語りで収入を得る旅って。


　いつもなら自分の部屋で寝るのだが、そこは六畳でベッドがあり、二人寝るには窮屈なので八畳の居間に父母の布団を並べて寝ることにした。

　寝る段になって怖くなった。ポールは同性愛者だろうか。僕に抱きついてきたらどうしよう。

　だがそんなそぶりはまったくなく、ポールは久しぶりに布団で寝られることを喜んでいるようだった。

　そこで僕は疑問に思っていたことを訊いた。

「ポール、君が苫小牧へ行く理由がないならそれでもいい。でもなぜ一人旅をすることになったんだい？　それを教えてくれないか」

「ジョン、いい質問だ」

布団に寝るポールが言う。

「恋人がいたんだよ」

「恋人？」

「高校に入学してすぐ彼女ができた。卒業したら一緒に暮らそうって言ったんだ。彼女も進学せず就職する予定だった。おなかには僕たちの子供がいた。なのに」

「なのに？」

「卒業式の前日、飲酒運転者の車にはねられて死んだ」

「……」

灯りがついていたので僕は消した。その時、彼の目に涙が浮かんでいたのを見た。

「法を破った男に恋人と子供の命を奪われた。この怒りと哀しみをどうやって消そうか考えた。その時思ったんだ。旅に出よう、まったく目的のない地へ行こう。目的のない旅をするのが目的なんだ。意味のないことをすることで哀しみを消そうと思った。ＪＲの時刻表を買った。日本地図を見た。そうだ苫小牧へ行こうと思った。それだけさ」

「苫小牧へ行ったあと、どうするの？」

「自殺する」

「やめてよ！」

ポールは笑った。

「冗談さ。大阪へ帰るよ。どこかのバイトを探すさ。それか家業の酒屋の手伝いかな」

翌朝、ポールと食パンを食べていると彼が言った。

「ねえジョン」

「何？」

「このあたりで人が集まるところってどこかなあ」

「ストリートライブをやるの？」

ポールが頷いた。

「ここから先は鉄道で日本海側を行こうって思っているんだ。今まではヒッチハイクだったけど、列車で北へ行こうと思う。だけど」

「お金が足りないのかい？」

ポールは首を振った。

「余裕があるわけじゃないけどそれくらいの金はある。バイトの金、全部持ってきたから。ただ、この土地でジョンとの思い出を作りたいんだ。その思い出と一緒に列車に乗りたいんだ」

詩的な表現をするなと僕は思った。

「ストリートライブの思い出かい？」

「それと、君と一緒にいた思い出」

「一日足らずの時間だったのに？」

「僕にとっては貴重な思い出だ」

僕は少し考えて言った。

「F駅なら、駅の表でも裏でも人が集まると思う」

「ジョンも来てくれる？」

「もちろん」

そう言って僕はポールに言った。

「僕のクラスメイトにも連絡するよ」

僕は同じクラスメイトの山崎佳織にＬＩＮＥを送った。佳織とは二年生になった時クラスが同じになった。僕は郷土史研究部でインドア派。佳織はバレーボール部で行動派。だけどなぜか教室の中では話が弾んだのだ。彼氏彼女、というほどの仲ではないかもしれないけど。三年生になってクラスが別々になり逢う機会も減った。久しぶりに彼女に逢いたいと思ったのだ。

「今日友達がストリートライブやるんだけど一緒に聴きに行かない？」

佳織の返信――

「お互い受験生でしょ？　私はあなたの友達のライブに付き合うヨユウないわよ（怒）」

僕の返信――

「とにかく午後一時T駅へ来てよ（合掌）」

「やれやれ、そこまでゆうならイク」

了承してくれた。有難い。ちょっぴりテンションが上がる。佳織と一緒に居られるぞ。

午後一時、待ち合わせのT駅で来るか来ないか待っていたら佳織が来た。Tシャツにジーンズ。ほっぺたをふくらませてきたと思ったら、イケメンになったポールの顔を見て急に顔がほころんだ。僕はポールに佳織を紹介した。

「佳織ちゃん、はじめまして。ポールです」

ポールが佳織と握手した。佳織は舞い上がったようだった。

「は、はじめまして、はうどぅーゆーどぅ、アイム、カオリ」

佳織にはポールがハーフに見えるのだろう。生粋の日本人だと彼は昨夜言った。

僕たちは普通列車に乗りF駅へ行った。列車の中の人は年齢も職業も様々に見えた。

中高校生の女の子たちは一様にスマートフォンを見ている。佳織もスマホでLINEを送っている。どうやらポールがライブをやるから来てほしいという内容みたいだ。

朝は余裕がないなんて送ってきたくせに。

「ジョン」

ポールが言った。

「何？」

「ありがとう」

「どういたしまして」

佳織がこっそり訊いてきた。なんでポールさんはマナブをジョンて呼ぶの？

駅前は閑散としていた。

僕は唖然とした。都市開発で駅前は整備されたと以前新聞記事で見たから。これが生まれ変わった駅前か。数年前はもっと賑わっていたのに。

「百貨店前なら人がいるかも」

佳織が言った。

「そうだな」

僕たちは百貨店前まで歩いて行った。駅から歩いて五分。

確かに人はいた。思い出したが今日は日曜日だったのだ。夏休み中で曜日の感覚が抜け落ちていた。だがポールの歌を聴いてくれるだろうか。

ポールはギターケースを下ろして中からギターを出し、ストラップを肩に掛けた。

「オリジナル曲、いくぜ」

ポールは歌い始めた。今さらながら大阪出身のポールが関西弁を話さないのが奇妙に思えた。幼いころは関東住まいだったのだろうか。不思議な人だと僕は思った。

ポールは昨日とはうってかわって激しくギターを弾いた。歌も絶叫調だった。

いのち、いのち、いのち

君のいのち、いつまでも僕は忘れない――


彼は絶叫して「いのち」と連呼した。

人が集まってきた。ギターケースに硬貨が入る。百円、十円、五百円硬貨も入る。ポールは歌う。いのち、いのち、いのち。聴く人が涙ぐむ。ギターケースに千円札が入る。ある人が一万円札を入れるのを見て思った。

（ポールの歌は「いのち」そのものだ。ポールはただ「いのち」の大切さを歌っているんだ）

佳織が泣いているのに気がついた。


ストリートライブが終わった。お金を計算している佳織が叫んだ。

「ポールさん、五万円こえているわよ！」

僕はポールを見た。驚いたことにポールは泣いていた。

「……思い出に泣くには、僕はまだ若すぎるよなあ」

「どうしたの？　ポール」

佳織が問いかける。

「ごめん、思い出したんだ」

「恋人のこと？」

僕はポールに言った。ポールは黙っている、が、死んだ恋人のことを思っているに違いない。

「目的のない一人旅で今日僕ははじめて友達に出逢えた気がする。ジョン、佳織ちゃん。今日のことは僕の一生の思い出だ」

佳織がポールを見つめた。

「私、ポールさんの歌、とっても感動した。ポールさんに過去何があったか知らないけど、その何かあった過去からいのちの大切さを歌おうとしたのはわかった。今日のことは過去にはならない。一生心に残ると思う。思い出じゃない、過去の一瞬じゃないよ。私とマナブとポールさんは友達だよ」

僕もポールに言った。

「ポール、これからも君はいろんなところで歌うんだろう？　そこでたくさんの出会いができる。思い出がいっぱい作れるよ。いつの日か、その思い出に浸る時があると思うな」

ポールは僕たちを見つめた。

「君たち二人は結婚するよ」

ポールの言葉に僕と佳織は見つめ合った。

「突然だけどお別れだ」

えっと僕は叫んだ。

「金沢行きの特急列車に乗る。見送ってくれるかい？」

「もちろん」


僕たち三人はホームで特急列車を待った。

佳織が微笑む。

「ねえポールさん」

「私たち三人の写真を撮らせて」

佳織がバッグからスマートフォンを出した。

「オッケー」

僕たち三人は寄り添い、腕を伸ばした佳織の持つスマートフォンに微笑んだ。

列車が来た。ポールは中へ入っていった。

列車が去ったあと、佳織がつぶやいた。

「ポールさんて不思議な人だね」

「ああ、僕も昨日知り合ったばかりで今日お別れさ」

その言葉に佳織は驚いたようだった。

「マナブ、ポールさんはどこへ行くの？」

佳織には苫小牧とだけ言い、死んだ恋人のことは黙っていた。


八月最後の日、ポールから葉書が来た。彼が泊まった夜、僕は彼に住所を教え、苫小牧についたら手紙を送ってと言ったのだ。差出人の欄に住所はなく、ポールとだけ書かれていた。無事苫小牧につき大阪へ帰った、今は家業を手伝っている、ジョン、また逢いたいからぜひ大阪に来てくれと書かれていた。

彼らしいと思った。住所も電話番号もメールアドレスもわからずどうやって逢うのだろう。おまけにポールの本名も知らない（ポールが本名であるわけがない！）。

でもなぜか大阪に行けば彼に逢えるような気がした。少なくとも可能性はゼロじゃない。僕は父に大阪の大学へ行ってもいいか訊いてみようと思った。卒業したら必ず地元で就職するからと。

川辺でラブソング

目が覚めたら朝十時だった。昨日サークル仲間とカジュアル居酒屋でしたたか呑み、ふらついてワンルームマンションにたどり着き、そのまま寝込んだのだった。

仲二が大学に入学して一年と少し経った。なんの刺激もない一年だった。五月の連休は帰省しなかった。母から帰ってこいと何度もＬＩＮＥが来たが返信しなかった。

大学に行かなきゃと起き上がり今日は日曜日だと気がついた。フロアに敷きっぱなしの布団に再び寝転がる。十一時になり空腹を覚えた仲二はコンビニでおにぎりを買おうと思い外に出た。快晴だった。太陽がまぶしい。

いつも通る道にあるラーメン屋に差しかかり、仲二はこの店で食べようかと思った。地方出身の仲二は一人で飲食店に入る勇気がなく、今まで入ったことはなかった。だがガラス窓から見える店の中は空席だった。ラーメン屋だからいくらなんでもメニューを見てわからないということはないだろう。発券機で買うような店でもなさそうだ。思い切って戸を開いた。中はカウンターが十席ほどとテーブルが三台。仲二はカウンター席に座った。

いらっしゃいませ、という声がして奥から二十歳くらいの娘がエプロン姿で出てきた。娘の顔を見て伸二は一瞬ひきつった。娘の右頰に赤痣があった。伸二を見るとにっこり微笑みグラスに水を注いでテーブルに置いた。頭に緑色の三角巾を巻いている。

テーブルにカード大のメニューが立てられていた。ラーメンの並と大盛、ライス、ギョーザ、瓶ビールにジョッキ生、それくらいのシンプルな品書きだった。伸二はラーメンの大盛を注文した。娘は厨房に入っていった。

伸二の住むマンションは私鉄の駅から徒歩で五分ほどの住宅街で駅前がいわば商店街だ。なぜここにぽつんとラーメン屋があるのかわからなかった。四十代の男が二人入ってきた。角刈りで背の高い男がマリちゃん！　と叫んだ。厨房から娘が出てきた。

「あら坂田さん、どうでしたか？」

「相変わらずだよ。パチンコで食えるほど世の中あまくないさ。まっ、ここで昼飯食って、午後の部に挑戦というわけ」

伸二は駅前にパチンコ店があるのを思い出した。

「お二人ともラーメンとビールでよろしいですか？」

「俺、ライスとギョーザもね」

別の、サングラスをかけた背の低い男が言った。

しばらくしてマリがラーメンを持ってきた。お待ち遠さまといってカウンターに置いた。麺にこしのある旨いラーメンだと思った。スープもとろりと脂身がある。これから日曜日はここで昼食を摂ろうと思った。


次の日曜、昼前に伸二はラーメン屋に行った。今さらながら店の名前がわからないことに気づいた。中に入ると、いらっしゃいませと声がしてマリが出てきた。伸二はカウンターに腰かけ、大盛ラーメンと言った。

「ここのお店の名前、なんていうの?」

伸二が言うとマリが笑った。

「看板作らなきゃいけないわね。前の台風で壊れちゃったから」

と言った。

「若葉っていうの。若い葉っぱね。ちなみに家の苗字」

「君はここの娘さん?」

マリはにっこり笑って頷いた。先週の二人組の男も入ってきた。会話からすると日曜日は近くのパチンコ店で一日ねばるようだった。

ラーメンを食べたあと伸二は周囲を散歩した。東へ五分ほど歩くと川沿いの道に出た。河川敷に小さな公園があり、そこのベンチに腰かけた。

伸二は考えた。おそらく彼女は学校─高卒なのか、それ以上の学歴なのかわからないが─を出てもあの顔が原因で就職できなかったのではないか。だから家業を手伝っているのではないか。

（俺はもしかして彼女の容姿を憐れんでいるのではないか）

違うと思った。自分はあの女性の笑顔に惹かれたのだ。だが彼女は痣ゆえに男に声をかけられたことは、なかったかもしれない。だから自分が彼女をデートに誘うこともできるのではないか。伸二はあの娘が自分に微笑んだ時、勃起したのを覚えていた。

翌日伸二は大学へ行った。伸二は大学内の軽音楽部に入っていた。バンドを組み、ベースを弾いていたが、アコースティックギターで作詞作曲もしていた。講義が終わり部室に入ると同級生の滝沢亜矢がアコースティックギターを弾いていた。ショートカットで白い大きなTシャツを着て、ダメージジーンズを穿いている。亜矢は伸二のバンドのボーカルだが、オリジナル曲作りにも励んでいた。ギターのチューニングがあっていないのが、いつも耳障りだった。

「山口君」

亜矢が伸二に声をかけた。

「なんだ」

「今度の日曜の夜七時あいてる?」

「どうして?」

「ライブがあるの、私歌うのよ。聴きに来て」

「あいみょんの歌でも歌うのかい」

「それは秘密。でもオリジナルも歌うことは言っておくね」

「場所はどこだ」

「大学の近くのバロンっていうカフェバーよ。マスターが音楽好きでPAも持っているそうよ」

伸二は、そのカフェバーは中に入ったことはないが大学への通り道なので知っていた。亜矢のオリジナル曲に興味を持った伸二は行くと返事した。ハードケースからベースを出して弾き出した。ギターの鮫島昭が入ってきた。鮫島もバンドメンバーだ。

「エアロスミスのバンドスコア買ってきたぜ。でも亜矢はスティーヴン・タイラーのような声はでねえな」

　鮫島は七〇年代から八〇年代までのロックがお気に入りだった。

「亜矢はオリジナル曲をもってるらしいよ。それをバンドでやろうか」

　伸二が言った。

「文化祭のライブでか。どっちにせよ今から曲を決めておかないとな」

　鮫島が言うと、まだ決めるの早いよと亜矢が言った。

「どんな歌手のがやりたいんだ」

「違うよ、私まだ新しい曲ができていないの」

「なんだ、やっぱり自分の曲をやる気でいるのか」

　あきれた鮫島はギターをアンプにつなぎ、Ａマイナーペンタトニックのアドリブを始めた。速弾きを自慢したがるのが鮫島の癖だと伸二は思っている。

　日曜日の昼、伸二は「若葉」へ行った。休日の昼なのに席は空いていた。これで商売はやっていけるのかな、と思った。マリにラーメンの大盛を注文した。

「お客さん、学生さんですか？」

　ラーメンを持ってきたマリが言った。伸二は頷いた。

か。

「私も看護学校に通っているんです」

　伸二は戸惑った。彼女は顔に痣をもちながら学友たちと仲良くできているのだろう
「じゃあこの店の仕事はアルバイトってこと？」

　マリがまた笑う。

「日曜のお昼だけの無給のアルバイト。夜とか、平日はパートさんがいるのよ。商店街で働いている人がお昼を食べに来るので、平日の方が忙しいの。出前もするのよ」

「無給じゃ厳しくないかい？」

　マリは伸二から目をそらした。

「お父さんとお母さんが授業料を払ってくれているから、その恩返しをしているの」

　伸二は考えていたことを思いきって言った。

「よかったら夜、ライブを聴きにいかない？」

「ライブって誰の？　どこでやるの？　武道館？　東京ドーム？」

　矢継ぎ早に尋ねるので伸二は苦笑した。

「都市圏の大会場なら横浜アリーナもあるよね。でもアマチュアの小さなライブだよ。バロンていうカフェバーさ。僕、軽音サークルに入ってるんだけど、そこの女子が弾

き語りをするんだ」

マリの顔色が曇ったような気がした。

「それってあなたの彼女？」

「彼女というほどの仲ではないさ」

「じゃあ、あなた、他に誰か彼女いる？」

「どうしてそんなこと訊くの」

「だって、私があなたと二人でいたら、あなたの彼女に失礼だわ」

「彼女なんていないよ。それに僕の名前は山口伸二。大学二年の十九歳」

「あら、私の方が年上なんだ」

「いくつ？」

「二十一歳」

だが伸二には自分よりも年下に見えた。六時半にマリの店に迎えに行くことにした。

「若葉」へ行った伸二はマリを見て驚いた。痣が消えていた。

「顔、おかしいかな？」

照れるようにマリが言った。伸二は首を振った。

「最近やっと、痣メイクに慣れてきたの」

マリはグリーンのワイドパンツに紺のシャツ、肩からバッグを提げている。口紅もつけていた。デートに行く時の服装だと伸二は照れたが思い直した。自分は今まさにマリとデートをするのだと。可愛い女性とデートしていると見られるだろうなと、気分が高揚した。

「伸二君」

「なに？」

「私、ライブに行くこと、お母さんに言ったの」

「僕と行くってことも？」

マリは頷いた。

「何か言ってた？」

「別に何も」

バロンの奥には弾き語り用の椅子やモニタースピーカー、譜面台、マイクスタンドが置かれていた。すぐそばにギターが二台立てかけられていた。亜矢は椅子に腰かけ、譜面台の位置を調整している。カウンターの奥にマスターらしい男がいた。髭を伸ばし、頭にバンダナを巻いている。四十代だろうか。伸二に気づいた亜矢の顔がこわばったような気がした。明らかに隣に並ぶマリを意識していた。

マリと並んでカウンターの椅子に座ると、マスターが伸二に何を飲みますかと言った。伸二はメニューを見た。カフェバーにはソフトドリンクもある。アイスコーヒーと言い、マリは水割りと言った。マリが酒を飲むことに伸二は驚いた。

「お酒大丈夫？」

「大丈夫。私、お酒は強いの。伸二君はお酒はだめよ、二十歳前でしょ」

三十代ほどの男性が三曲歌ったあと、亜矢がギターを持ち椅子に腰かけた。二、三度弦を鳴らしたあと、自己紹介をして歌い始めた。中島みゆきの「根雪」だった。いつもと同じで、チューニングがまずいなと伸二は思った。よく通るいい声だとも思った。他にオリジナルだと言って二曲歌った。

歌い終えると拍手が起こった。伸二が店内を見まわすと満席だった。定期的にアマチュアの弾き語りライブを主催しているのだとマスターは言った。

ライブが終わると店内は宴会のようにざわめいた。伸二はマリを促し立ち上がった。亜矢が近づいてきた。

「山口君、ゆっくりしていってよ」

「いや、彼女を送らなきゃ」

マリの方を見て伸二が言った。亜矢がマリを見た。マリが目を合わせずに会釈した。

「彼女、急いでるの？」

「ご両親が心配すると思って」

無意識に伸二はマリの肩に手を当てた。


マリと伸二は店を出た。マリは足元がふらついていた。伸二がマリを支えた。

「なんだ、お酒弱いんじゃないか」

「でも楽しかった、今日はありがとう」

なんとかマリの店までたどり着き、じゃあ、と伸二が言うとマリが待って、と言った。

「あなた、本当に彼女いないの？」

「うん、でも、どうして？」

なんでもないとマリが言った。

翌日講義を終えた伸二は軽音楽部室へ行った。久しぶりにアコースティックギターを弾いてみようと思った。部室の隅からオベーションのギターを出し、自作の歌を軽くハミングすると亜矢が入ってきた。

「山口君」

「なんだ」

伸二はギターを弾く手を止めた。

「昨日一緒にいた彼女、山口君の恋人?」

「恋人というほどでもないさ」

「あの人、確か痣があったよね。メイクで目立たなくしてるけど。私、知ってるんだ。ラーメン屋の娘さんでしょ。一度友達と入ったことあるの」

「それがどうした」

亜矢は口をつぐんだ。

次の日曜日、「若葉」での昼食のあと、伸二はマリから紙片を渡された。

「私の携帯番号とＬＩＮＥのＩＤよ」

「これ、どういう意味?」

「どうとらえてくれてもいいわ」

女の心は伸二には理解しがたかったが、多分これは抱いてほしいという意味なのだと思った。伸二はマリにＬＩＮＥで夜マンションに来るように誘った。マンションの場所は知っていたようなので部屋番号を送った。

夜、ノックの音がした。ドアを開けるとマリが立っていた。ジーパンと白いブラウス姿だった。

「入ってよ」

スニーカーを脱いでマリが部屋に入った。

「お父さんやお母さんにはどう言ったの？」

「友達のうちへ行ってくるって」

「友達が男だって言った？」

マリは答えなかった。メイクをしてないのと部屋明かりでマリの痣が目立つように思えた。伸二はマリを壁に押し当てキスをした。

「あなた、女をだますのが旨いのね」

「どうしてそんなことを言うの？」

「私のこと醜いと思っているくせに好きそうな振りをするからよ。言っとくけど私、処女じゃないからね」

「彼氏がいるの？」

「レイプされたのよ。中学生の時」

伸二はマリの目を見た。マリは目をそらさなかった。

「座りなよ」

敷きっぱなしの布団を伸二はたたんだ。

マリが言うには冬部活を終えて帰る時、数人の男に無理やりワゴン車に入れられた。そのワゴン車の中で犯されたらしい。

「男の一人が私の痣に気づいて、気持ちわりい、って言ったのよ」

かわるがわる犯されたあと、車から放り出された。連れ去られたところからどれだけ離れているか見当がつかなかった。近くの家のインターフォンを押した。ドアを開けた中年女が、ひっと叫んだ。マリは、私の痣を見て驚いたのねと言った。ズタズタにされた制服を見てじゃなく、と。

家に電話をして父に迎えに来てもらったと言った。それきりマリは口を閉ざした。警察には言わなかったのだろう。妊娠したのかどうかわからなかったが伸二は訊けなかった。

「私をレイプした男でさえ私の顔を気味悪がったの。だから、私を誘惑してからかうのはやめて」

「だったらなんで携帯番号を教えてくれたの？　ＬＩＮＥのＩＤも」

「だって……」

「からかってなんかいないよ」

「そう？」

マリは衣類を脱ぎ始めた。ジーパンと一緒にショーツもずり下ろした。

「何を考えてるの？」

「私とセックスして」

伸二にとって初めての女性だった。マリの肌は柔らかく、あたたかかった。

絶頂のあと、二人は仰向けになって手をつないだ。

「伸二君、私のこと好きなの？」

「好きだよ」

「どこが好きなの？」

「かわいいところ」

「かわいいところ?」

「そう、かわいいところ」

「私って、かわいい?」

「かわいいよ」

そういって伸二はマリにキスした。


翌日部室に行くと鮫島が伸二を指さして笑った。

「何がおかしい」

「伸二、おまえ痣のある女と付き合ってるんだってな」

「誰がそんなこと言った」

「亜矢が言ってたぞ。ラーメン屋の女と付き合っているって。その子の顔に痣があるんだろう?」

余計なことを言ったなと伸二は腹が立った。

「それが悪いか」

「悪くはねえよ、おまえ、やさしいんだな」

俺は顔に痣のある醜い？　女に慈悲をかけるやさしい男なのか――

違う、と思った。俺は男としてマリに惹かれていると思った。

日曜日、マンションのドアを叩く音がした。時計を見ると午前九時だった。ドアを開けると亜矢が立っていた。

「こんな朝早く何の用だ」

「ちょっと遊びに来たの」

亜矢はローファーを脱ぎ、中に入った。

大学に入学し、軽音楽部に入って間もなく伸二は亜矢と言葉を交わすようになった。関東圏の学生が多い中、ともに地方出身だったので気が合った。遊びに行きたいというので一度マンションに招き、伸二の好きな音楽グループのＣＤを聴かせた。だが伸二にとって亜矢は彼女と言える存在とは思っていなかった。

「ねえ、お昼ラーメン食べに行かない？」

「どこへ」

「若葉。知ってるでしょ」

伸二は動揺した。亜矢と一緒に入るのをマリに見られたくなかった。

「俺、今日はラーメンていう気分じゃねえな」

「あら、毎週若葉へ食べに行ってるって鮫島君が言ってたよ」

「あいつ、そんなこと言っていたか？」

「うふっ、うそよ。でもそんなに驚くところを見ると本当のようね」

鎌をかけたのかと伸二は腹が立った。

「なんなら私、おごるわよ？」

「おごってなんか、ほしかねえよ。それに今日はラーメン食べたくないって言ってるじゃねえか」

「私と二人でいるところを、あの人に見られたくないの？　あの人、痣はあるけど化粧するときれいね。あの人のこと、好きなの？」

「お前には関係ねえだろ、帰れ！」

亜矢は、にやっと笑った。不気味な笑みだと伸二は思った。

「帰るわよ。ぼっちラーメンも悪くないわ」

「お前……」

「私が一人で若葉へ行くのは勝手でしょ」

亜矢はローファーを履き、出て行った。

まだ九時だ。若葉は早くても十一時開店だろう。それまで時間を持て余すだけだから食べに行くのは嘘だろうと思った。


十二時になり伸二が若葉へ行くと、入り口の後ろから山口君と声がした。振り返ると亜矢がいた。

「きっと来ると思って、そこの路地で待っていたの」

「三時間もか？」

それには答えず亜矢は伸二と腕を組み、若葉へ入った。

厨房からマリが出てきた。亜矢の顔を見て表情が一瞬曇った、が、すぐ笑顔で、

「この間ライブで歌った方ですね。いいですね、弾き語りができて」

と言った。亜矢が、

「ねえ、あなた今日はメイクしないの？」

と言った。マリは困ったような顔をした。

「メイクすればいいのに。そしたらすごいキレイよ」

ラーメン二つ！　と伸二は大声で言い、マリは会釈して厨房に入っていった。

「顔のことをあれこれ言うのはやめろよ」

仲二が小声で言った。

「私は女性として、純粋に彼女のメイクに関心があるのよ」

そう言ったが、亜矢はメイクしているように見えない。今さらながら亜矢は美人だなと仲二は思った。

亜矢は仲二の隣で、あたかも仲二の彼女であるかのように振る舞うのだった。グラスの水を仲二が飲むと、すかさずポットの水を注いだ。ラーメンを出すとマリは厨房に入るのだが、中まで聞こえるように大きな声で話した。それもマリは知らないであろう大学の授業や秋に予定された文化祭の軽音楽部のライブの話をするのだった。

食べ終わって会計となり亜矢が、すみませーんとマリを呼んだ。

「俺が払うよ」

仲二が財布を出すと亜矢はにんまりと笑った。あれ、亜矢がおごるって言ってなかったっけ？　と思ったが、財布を出した手前レジで支払いをした。マリが代金を受け取ると亜矢は仲二と腕を組み、マリに、ごちそうさまぁと言った。

店を出ると亜矢は、じゃ私帰るね、と言った。仲二は亜矢と一緒にいたいわけではなかったが、唐突なその言葉に戸惑った。

夜マリにＬＩＮＥを送った。「今日の女は僕の彼女じゃないよ」

返信はなかった。

次の日曜日、若葉へ入った。マリの母らしい女が厨房から出てきた。ラーメンの大盛を注文した仲二は女に、マリさんは？　と尋ねた。女は微笑んだ。

「ビールを買いに行ったけど、すぐ戻るわよ」

「ビール？」

「お店の分がちょっと少なくなったのよ。日曜日だから酒屋さんに電話して、軽ワゴンで取りに行ったの」

マリが車を運転することが意外だった。だが、年齢から考えればおかしなことではない。

「あなた、マリの友達？」

仲二は曖昧にうなずいた。

「マリはあんな顔だから友達がいなくてねえ、おにいちゃん、仲よくしてあげてね」

友達がいない？

「看護学校に仲間がいるんじゃないんですか？」

女は寂しそうな顔をした。

「うわべはいるかもしれないけどね、心の底から話し合える友達はどうかしら。あの子、お昼はいつも学校の屋上で一人で食べてるらしいの」

伸二はマリの通う学校の名前を訊いた。車の音がした。がちゃがちゃビールを運ぶ音がした。マリが厨房から出てきて伸二に、いらっしゃいと言った。

月曜日、伸二は授業には出ず、マリの学校へ行った。看護学校だから女子ばっかりかと思ったが、正確には医療専門学校となっており、様々な医療系の学科があり男子も大勢いた。昼休みの時間を見計らって屋上へ行った。ドアを開けると段になっており、マリはそこに腰かけていた。伸二を見てマリは驚いた顔をした。

「伸二君、どうしてここがわかったの？」

「マリさんのお母さんから聞いたんだ」

伸二は持っていたコンビニ袋をマリの目の前に差し出した。おにぎりが透けてるのを見てマリは笑った。伸二はマリの横に座った。

「弁当は、お母さんがこしらえたの？」

マリがふふっと笑った。

「お弁当くらい自分で作るわよ。ていうか、夕飯のおかずをちょっと残して、お弁当のおかずにするの。あとは冷蔵庫の冷凍食品を温めて詰めるのよ」

「カニクリームコロッケとか？」

「伸二君、好きなの？」

「高校のころ、よく母が弁当に詰めてた」

伸二はペットボトルの茶を一口飲んだ。

「マリさんが一人で弁当を食べるのは寂しくないかと思って来たんだ」

「さん付けで呼ぶの？」

「じゃあ、マリちゃんでいい？」

「マリって呼んでほしい」

マリが空を見上げた。

「私、空を見ながら、お弁当を食べるのが好きなの」

伸二はコンビニのおにぎりを頬張った。

「食べる？」

マリは箸で挟んだ卵焼きを伸二の顔の前に差し出した。あんぐりと伸二は口を開け、マリは卵焼きを突っ込んだ。

「この卵焼きは、朝作ったの」

「先週の日曜日のことだけど、あの女は僕の彼女じゃないよ」

マリは黙って、もぐもぐ口を動かす。

伸二は戸惑った。僕の彼女は君だ、と言おうとしたが、マリの気持ちがわからない。自分のことを彼氏と思っていないかもしれない。

「弾き語りの彼女、ステキね」

「亜矢のこと？」

「キレイな声だったわ。私もギター弾いてみようかな」

「もし弾くんだったら教えるよ。いや、僕のギターでマリが歌うといい」

「伸二君ギター弾けるの？」

「軽音部だって言っただろ」

「僕は君のことを彼女だと思ってるんだ」

勇気を出して伸二は言った。

マリはもぐもぐ口を動かしていたが、食べ終えたのか、

「ありがと」

と言った。

「じゃ、ケッコンしてくれる？」

「え？」

伸二は結婚までは考えていなかった。

「結婚するって言ってくれなきゃ、カノジョとは言えないよね？」

「でも僕、大学卒業したら地元に帰らなきゃ……」

「結婚してくれないの？」

伸二は答えられなかった。

「伸二君は、あの弾き語りの女の子の方が合ってるんじゃないの？」

「あんな女！」

伸二は立ち上がった。あんな女！　もう一度叫ぶとマリに「もう行くよ」と言って屋上を去った。

翌日軽音の部室に行くと鮫島がアンプも通さずギターを弾いていた。

「おい山口」

鮫島が険しい表情で言った。

「なんだ」

「お前、二股かけてはいないな？」

「なんのことだ」

鮫島はギターを床に寝かせていたハードケースの上に置いた。

「ラーメン屋の赤痣の女と、滝沢さ」

「二股どころか、そのどっちも、俺の彼女じゃねえよ」

「滝沢とは？」

「付き合ってねえよ」

「ラーメン屋の女もか？」

「先日、ふられた」

ふられたかどうか伸二にはわからない。だが結婚すると言わなければ彼女と言えないとマリに言われ、そこまで言えない自分は彼氏になれないと思った。

「でも、なんでそんなことを訊くんだ」

「昨夜、滝沢に誘われたんだ。マンションまで来てくれって」

「それでどうした」

「どうもしないさ。マンションへ行って、コーヒーを飲んで、もう遅いから帰ってって言われた。そして最後にあいつ、私、山口君と付き合ってるのって言ったんだ。じゃ、なぜ俺を部屋に誘ったんだ」

「それより、なんでお前滝沢のマンションへ行ったんだ」

「そりゃ……誘われたからさ」

「滝沢に気があるのか」

鮫島は黙った。

「俺は滝沢と付き合っていないぜ」

「本当だな?」

「それよりお前、帰ってって言われた時、押し倒しちまえばよかっただろうに」

「そこでだ」

鮫島は伸二の肩に手を置いた。

「俺とおまえで、あいつ、やっちまわねえか?」

「どういうことだ」

「お前のマンションに誘って、酒を飲ませてベロベロになったところをやっちゃうのさ」

「冗談言うな。俺の部屋でレイプしようっていうのか」

「でもさ、興味わかねえか」

「わかないね。それに滝沢は誘っても俺の部屋には来ないよ」

「なぜわかる」

「とにかく来ないね。女への逆恨みはやめた方がいいぜ」

「くどいようだが、おまえ、滝沢とは付き合っていないんだな？」

「ああ」

どうやら鮫島は亜矢に気があるようだ。亜矢はそれを知って鮫島をからかったのだろうか。伸二は亜矢の気持ちがわからなかった。

ところがその晩、亜矢が伸二のマンションに来た。

「なんで来たんだ？」

「別にいいじゃん、なんで来たって」

亜矢はフレアスカートを穿いていた。伸二にある思いが浮かんだ。

（亜矢に酒を飲ましたら寝込んでしまうだろうか――）

亜矢の肉体に関心があるわけではなかったが、マリの前で見せた態度に伸二は腹を立てていた。亜矢に仕返しをしたいという思いはあった。

（酔って寝込んだら、ブラウスのボタンを外すくらいのことはしてやろうか――）

「酒飲むか？」

「あるの？」

「ない、コンビニで買ってこなきゃ」

「じゃ、缶チューハイがいいわ」

二人はマンションを出た。

コンビニに入って伸二は硬直した。マリがいたのだ。マリは二人を見るとにっこり微笑んだ。

「こんばんわ、何買いに来たの？」

亜矢がマリに声をかけた。マリは戸惑うような顔をした。伸二がマリのバスケットを見たら生理用品が入っていた。マリは亜矢に一礼するとレジに行った。チューハイをバスケットに入れてレジに向かう時、マリはもう店を出ていた。


「あの人、異形の美人てとこね」

歩きながら亜矢が言った。

「い、い、いぎょうの美人？」

「あの人の痣が妙になまめかしく感じる」

「何度も言うけど、女性の顔のことをあれこれ言うのはやめろ」

「でも山口君は、あの痣に惹かれたんじゃないの？」

仲二は言葉に詰まった。確かにあの痣のある顔をつやっぽく感じていた。

「山口君は彼女をレイプしたいと思わないの？」

「冗談言うな」

「男は好きな女をレイプしたいと思うんじゃないの？」

「いいかげんにしろよな」

「じゃあ、あの子、私の男友達にレイプさせちゃおうかな」

「ばかなこと言うな！」

「あら、ずいぶんむきになるわね」

「男友達って誰だ」

「それは、ひ、み、つ」

ふふふーんと亜矢は笑った。


仲二のマンションで二人は缶チューハイを飲んだ。

「お前、鮫島を部屋に誘ったそうだな」

「あいつ、そんなこと言ってた？」

「なぜ誘った」

「別に。理由なんてないよ」

「お前そうやって男を誘惑して楽しんでいるのか」

亜矢は笑った。

「部屋に誘うのが誘惑なわけ？」

「普通そうだろ」

「じゃあ山口君はラーメン屋の女の子を誘惑したの？」

「いや、それは……」

「答えられないってことは、誘ったってことよね。ねえ、あんな女のどこがいいのよ」

「お前には関係ないだろう！」

亜矢はチューハイを飲み干した。

「私、聞いたんだ。大学の友達でラーメン屋の近所に住んでる子から。あの子中学生の時、レイプされたんでしょ。山口君は犯された異形の女をあわれんでいるのね」

伸二は亜矢を平手で打った。

酔った亜矢は眠ったようだった。伸二は鮫島に電話をかけた。

「滝沢が俺の部屋で寝ているぜ」

「なんだ、あいつおまえの部屋へ行ったのか。二股かけてたのは滝沢のほうか」

言われてみればそういう理屈になる。

「どうだ、俺の部屋へ来るか」

「ばかばかしい、行かねえよ」

「レイプするんじゃなかったのか？」

「そんなの冗談に決まってるじゃねえか」

電話が切れた。

伸二は亜矢のスカートをめくった。紫色のショーツを穿いていた。そっと亜矢の胸に手を当ててた。うーんと亜矢がうなり、思わず手を引いた。ばかばかしいと伸二も思った。亜矢をレイプなんかできるもんか、いや、するもんか。こんな性悪女。

朝になった。目を醒ました亜矢が背伸びをした。

「やばい、私眠っちゃったんだ」

「昨日だいぶ飲んでたぜ」

「山口君、私の身体に変なことしなかった？」

「何もしねえよ。それより授業がもうすぐはじまるぜ」

「山口君だってガッコウ行かなくちゃ」

「俺にかまわず、早く行けよ」

「山口君」

「なんだ」

「夕べは……ごめん」


伸二は大学へは行かず、昼、若葉へ行った。

確かに日曜より客はいた。営業マンらしいスーツを着た男性がいた。作業着を着た男もいる。

ラーメンを持ってきたマリの母が、

「マリは二階にいるから、あとで寄ってね」

とささやいた。驚いて母の眼を見ると、裏の玄関から二階に上がってと言った。

ラーメンを食べながら伸二は、マリの母は自分のことをどう思っているのだろうと思った。あんな顔だから嫁の貰い手を探しているのか。自分はマリにとって格好な結婚相手なのだろうか。

伸二は両親から、卒業後は地元で働くよう言われている。言われるまでもなく都会で一人働くのは不安だからそうしようと伸二も思っている。ならマリを地元に連れてゆくか。痣のある女を両親はどう思うだろうか。

ふと伸二は笑ってしまった。肝心のマリが自分をどう思っているか考えていなかったからだ。そうだ、マリは俺のプロポーズなんて受けないだろうと思った。ライブがあった日のマリの顔を覚えている。どう化粧したか知らないが痣はほとんど目立たなく、化粧したマリはきれいだった。あれなら複数の男がプロポーズしてもおかしくない。レイプされた？　そんなこと男にとってはどうでもいい。学費を出す親のために無給で働くマリ。自分で弁当を用意して学校へ行くマリが伸二はいとおしかった。

ラーメンを食べ終え、支払いを済ませた伸二は母に目で合図を送った。裏に回り玄関戸を開け二階に上がった。ドアを二度ノックし開けるとマリはベッドに寝ていた。伸二が入ってきたことを特に驚くそぶりもなかった。

「気分が悪いの？」

仲二はベッドに腰かけた。

「風邪を引いたみたい」

「昨夜コンビニで逢ったね」

「仲二君、バスケットをみたでしょ、生理用品がなくなってたから買いに行ったの」

「学校休んだの？」

「学校休んだの？」

同じ問いかけに仲二は笑った。マリがベッドから起き上がった。

「学校辞めようかなあ」

「どうして？」

「私、立派な看護師になれそうにない」

「自分で決めつけない方がいいよ」

「こんな顔じゃ、患者さん怖がるでしょ」

「化粧すれば目立たないよ」

「私、お店を継ぐ方が合ってるかなあ」

「ラーメン屋を？」

「旦那さんと一緒にラーメン屋をやれたらなあ」

暗に自分にラーメン屋を継いでほしいと言ってるのかと伸二は思った。

「ちゃんと看護師の資格は取った方がいいよ。それにマリはいい看護師になれると僕は思うけど」

マリは伸二を見つめた。

「ね、キスして」

「僕のことを彼氏と思ってくれなきゃしない」

「愛してる」

答えになっていない、でもこれ以上言うのを伸二はやめた。マリに唇を重ねた。ひんやりした唇だと思った。

夏休みに入った。伸二は帰省せず一日中マンションで過ごしたり、川沿いの道をぶらぶら散歩して時間をつぶしたりした。夜はマリを呼びだし、マンションで抱き合った。

そんな平日の午後、若葉へ行った（マリの学校はまだ夏休みに入っていないので店にいないのはわかっていた）。昼食時を過ぎていたからか客はいなかった。テーブルを拭いているマリの母にラーメンを注文した。マリの母が厨房に入ると、頭にタオルを巻いた男が出てきた。マリの父親だと思った。若葉の店主でもある。

「山口君だね」

「はい」

「俺はマリの父親だ。ちょっと話をしてもいいかな」

「え？」

マリの父はカウンターでなくテーブル席に腰かけた。

「ラーメンはすぐ作る。でもその前に話したいことがある」

「なんでしょう？」

伸二は緊張した。マリと付き合っていることを怒られるのかと思ったからだ。

マリの父は伸二を見据えた。

「山口君……マリと結婚してくれないか」

「え！」

「あんたと出会ってからマリは明るくなった。あの子を幸せにできる男は君しかいないと思うんだ。それは俺の女房もわかってるんだ」

「でもマリ……マリさんは今までも明るい人だったと思いますが」

「あんたにゃ失礼な話だが……うちのマリはキズモノなんだ」

それは伸二も知っている。

「中学生の時、男どもに犯されて……妊娠してしまったんだ。犯されたのがわかってたからすぐ医者の所へ行けばよかったんだが、周りに知れ渡るんじゃないかと行きそびれたのがまずかった。わかった時にはもう中絶できないまでに大きくなって。

産まれた子はある方に引き取ってもらった。特別養子縁組ってやつだ。結局それが近所中に知れ渡ってしまった。

それ以来マリは引きこもりになってしまったんだ。高校も通信制でやっとこさ卒業して、看護学校には行ったんだが……心を許せる友達はいないようなんだ。俺はあの子が不憫でねえ」

「でも僕はまだ学生ですよ」

「かまわないさ。俺は二十歳で結婚した。あの子は俺が二十一の時にできた子なんだ。なに、学校へは通ってくれればいいんだ。うちのマリと婚姻届さえ出してくれりゃ。卒業まではそっちのマンションで生活してくれればいい」

「ラーメン屋を継げということですか？」

「そこまで言うつもりはない。山口君は都内で就職してもいいし、マリを連れて実家に戻ってもいい。ただ——」

「ただ？」

「あんた、痣のある犯された娘と結婚できるかい？」

犯されたマリは妊娠した。彼女は出産し、生まれた子は養子縁組された。伸二はインターネットで特別養子縁組について調べた。子供のない夫婦が戸籍上も実子として引き取る制度だという。伸二はこの世界のどこかにマリが産んだ子がいるんだなと思った。その子に逢ってみたいとも思った。

（マリと結婚しよう――マリと一緒に生きてゆこう）

だが結婚ってどうすればいいんだろうと伸二は思った。婚姻届を出すくらいはわかっている。インターネットで調べてみると本籍の地以外で婚姻届を出す時は戸籍謄本が必要だと記されていた。伸二は実家に電話した。母が出た。

「母さん、俺の戸籍謄本送ってくれる？」

「あんたの戸籍謄本を何に使うの？」

「婚姻届を出す時に必要なんだ」

「婚姻届⁉」

「俺、結婚するんだ」

電話の向こうで母が絶句しているのがわかった。

「結婚って、あなたまだ学生じゃない」

「でも満十八歳過ぎてるから結婚できるでしょ？」

「そういう問題じゃないわ」

「とにかく婚姻届をこっちで出すから俺の戸籍がいるんだ」

「あんた、誰と結婚するの？」

「こっちで知り合った子さ」

マリにＬＩＮＥを送った。「結婚しよう」

夜、伸二の部屋にマリが来た。

「お父さんが何か話したでしょう？」

「まあ、ね」

伸二は話をぼかした。

「本当に結婚してくれるの？」

「ああ」

マリは伸二に抱きつき、うれしい、と言った。いつものように裸になって抱き合った。夜通し抱き合い、朝マリは帰った。

夕方マンションのインターフォンが鳴った。伸二がドアを開けると母の貴子が立っていた。

「よく来たねぇ」

「飛行機で来たのよ」

伸二の実家は九州の田舎だ。

「いったい何の用だい」

「用も何も、戸籍謄本を持って来たんじゃないの」

貴子はバッグから封筒を出した。中に謄本が入っているのだろう。

「郵送で良かったのに」

「そんなことより、あなたの結婚する相手にあわせて頂戴」

「どうして」

「どうしてもこうしてもないでしょう。息子の結婚相手にご挨拶するのは当然じゃない」

「結婚を許してくれるのかい？」

「だから許すも許さないもあなたの相手に会ってからでないと」

「俺の結婚相手を見定めるっていうこと？」

足音がした。マリだった。お中元でもらったジュースを持っていくとＬＩＮＥがあったのだ。マリは貴子を見て戸惑ったようだった。

「母さん、僕の彼女だよ」

仲二はマリに掌を向けた。マリは貴子に会釈した。貴子の顔がこわばった。

「戸籍謄本ちょうだい」

貴子は戸籍謄本を抱きしめた。マリをにらんだ。

「どうしてもこの人と結婚する気なら……二人でお父さんにお願いしなさい！」

貴子は戸籍謄本を抱いたまま去っていった。都内にいる母の姉の家に泊まるのだろう。どういう理由で上京したか伯母が尋ねたら、どう答えるのだろうと仲二は思った。

仲二のマンションで二人は裸になって抱き合った。仲二はマリに実家の父に逢ってほしいと言った。

「ねえ、伸二君」

「なんだい」

「やっぱり、私と結婚しない方がいいんじゃない？」

伸二は起き上がりマリの顔を見た。

「どうして？」

「痣のある女を息子の嫁にもらいたいとは思わないでしょ」

「でも、メイクすれば目立たないじゃない」

「伸二君の実家に泊まったら、メイクを落とした私の顔を見られるわ」

「もし反対されたら……いや、反対されたって結婚するよ」


翌日の昼、伸二は父の大樹に電話をかけた。

着信の表示で息子からだとわかったのだろう、いきなり「おまえ、彼女がいるみたいだな」と言った。

「うん」

「結婚したいんだって？」

うん、と言いたかったが声が出ない。

「大学へは、ちゃんと通っているのか？」

「今、夏休みだから……でも、卒業はするよ」

言ってから伸二は自分の失言に気がついた。さぼっているのを告白したようなものだ。

「まあ、がんばって卒業するんだな。俺が大学中退だから偉そうなことは言えないが」

大樹は大学が性に合わず中退し、家業の呉服屋を継いだのだった。

「彼女は妊娠してるのか？」

思いがけない問いかけだった。だが伸二は、避妊具は使っていない。

「してないと思うけど……」

「子供ができたら、責任もって育てるか？」

今まで考えなかったことだった。

「責任もてると言えるなら、結婚しなさい」

「いいの？　俺まだ学生だよ」

「結婚したい人が現れた時が適齢期なんだよ。お母さんはお前を産む前に男の子を産んだんだけど、生後三か月で死んでしまった。乳幼児突然死症候群っていうやつでな」

初めて聞くことだった。

「俺は伸一と名付けて出生届も出したんだけどな。その子のことが忘れられなくて、だからお前には伸二と名付けたんだ。お前を産んだあと、お母さんは子供はできなかった。俺は子供は最低でも二人ほしかったんだけどな。おまえも一人っ子で、寂しかっただろう。お父さんは、せめて孫はいっぱいほしいと思うんだ。とにかく彼女を連れて、家に来なさい。おまえ入学以来一度も帰ってきてないじゃないか」

「お父さん」

「なんだ」

「彼女、顔に痣があるんだ。それと、中学生の時、性被害に遭ってね」

「心に傷を負っているというのか」

心に傷……そういう表現で伸二は考えたことはなかった。悲しい顔を見せなかったマリ。だが過去どんなにつらかっただろうと思いを馳せた。

「その傷を癒すのはお前だろう。幸せにしてあげなさい」

「お父さん、ありがとう」

夕方「若葉」へ行った。マリの母がいた。

「マリさんはいますか？」

母が微笑んだ。

「河川敷の公園にいるわよ、ギターを持って」

（ギター？）

「伸二さん」

「はい？」

「マリをよろしく頼むわね」


河川敷へ向かった。ギターの音が聴こえてきた。公園のベンチにマリが腰かけギターを弾いていた。伸二がマリ！　と叫ぶとマリが振り返った。

「びっくりした」

「ギター買ったの？」

「近所の質屋で売ってた」

質屋と聞いて伸二が笑った。

「弦が古いし、チューニングが合っていない」

「これから教えてくれる?」

仲二はマリからギターを受け取るとチューニングを始めた。音が合うと、アルペジオを弾きながらハミングした。

「それ、なんて歌?」

「マリに捧げる歌だけど、まだ詞ができていない」

「これからできるの?」

「多分。それより」

仲二がマリを見つめた。

「親父に逢ってほしいんだ」

「結婚をお願いするの?」

「ていうか、もう許可を得てしまった」

マリが口を開いた。

「もう?」

「もし僕が、マリとの間にできた子供を、責任もって育てられると言えるなら、結婚してもいいって」

「言えるの?」

「もちろん」

マリは顔を両手で覆った。背中が震えていた。

「大丈夫？」

頷くマリが、うれしい、と言った。伸二がギターを弾いた。

「私のことよりも」

「なんだい？」

「生まれてくる赤ちゃんのことを歌って」

伸二はマリを見つめた。

「それってもしかして……」

マリは伸二を見て頷いた。伸二は川の向こうの夕陽を見た。

「僕の実家の近くも川があるんだ。広い河川敷があってね。そこで二人で歌おう」

何かが変わってゆく、伸二はそんな気がした。

夏の陰

球場からアナウンスが流れたと思ったらサイレンの音がした。居間の置時計からビートルズの「ザ・ロング・アンド・ワインディング・ロード」が流れた。十二時だと勇二は思った。レジの内側に椅子を置き、雑誌を読みながら奥の居間のテレビの全国高校野球大会の音声を聴いていたのだ。勇二の家は酒屋である。

居間に入りテレビを見たら、グラウンドの選手は直立不動、両校のベンチの選手たちが前に並び頭を下げている。今さらながら今日は八月十五日なんだと思った。靖国神社では参拝する国会議員に取材陣が殺到するだろう。

勇二は三十歳、高校を卒業後、地元の繊維会社に就職したが、仕事が性に合わず二年で退職し、家業を手伝っている。兄は東京の大学へ行ってそのまま就職したので、父は跡継ぎができたことを喜びこそすれ、退職したことには反対しなかった。安売りする大型店舗がこの町にも進出してはいるが、昔からなじみの料亭や飲食店は贔屓にしてくれている。

飯台には母が用意した昼食があった。父と母は墓参りに行っている。試合再開。勇二は茶碗の飯をかきこみ冷えた麦茶を飲む。

勇二は高校球児だった。カーブとスライダーを決め手とする投手だった。だから夏の甲子園は最大の関心事だ。

チェンジした時、電話が鳴った。サンダルを履き、店のレジの横の受話器を取った。

「はい、石坂酒店です」

「石坂君？　浜屋です」

若い女性の声だ。浜本美由紀だった。いや、今は佐藤美由紀。

「お盆休みにごめんなさい。ビール大瓶三ケース届けてくれる？」

「酒屋に盆休みなんかないぜ。すぐ持っていくよ」

旧盆に料亭が忙しいのは当たり前だ。大急ぎで昼食を済ませ、入り口に鍵をかけると裏口へ行き、軽ワゴンにビールを積んだ。シャッターを上げると、かっと夏の日差しに照らされた。エンジンをかけ発車した。ＪＲの線路をまたぐ立体交差を過ぎて信号を右に曲がると川沿いの道になる。夜は河川敷で越前市主催の花火大会だ。

美由紀は勇二の高校の同級生で野球部のマネージャーだった。高校卒業後、京都の女子大へ行き、卒業後は京都の銀行に就職した。しばらくして帰るつもりでいたらしい。実家の料亭「浜屋」を継ぐつもりでいたから。しかし銀行の上司と恋愛結婚し、そのまま京都で暮らすことになった。

ところが美由紀の夫が心臓麻痺で突然死した。やむなく彼女は生まれたばかりの娘とともに地元へ帰り、実家の料亭「浜屋」の若女将となった。勇二の店のお得意先の一つだ。

「浜屋」の裏口の戸をあけると、奥の座敷からカラオケの音が聞こえた。帰省した若夫婦とその両親が会食しているのだろうか。盆休みを利用して法事をしたのかもしれない。

毎度ありがとうございます、石坂です、と言うと奥から、はーい、と声がした。夏向けの青い着物姿の美由紀が暖簾を上げた。後ろに三歳になったばかりの里奈がいる。

里奈は勇二を見て恥ずかしそうに笑った。

「おじちゃん、こんにちは」

「ああ、こんにちは」

勇二はワゴン車からビールを出し、厨房まで三ケース運んだ。美由紀に伝票を渡し、

「忙しそうだな」と言った。

「今お座敷が二組、夜に医師会の懇親会があるのよ。ここで食事しながら花火を見るの」

二階の座敷からは花火がよく見えそうだ。開業医は地元の名士と言っていいだろう。その会席があるのだから「浜屋」はこの町では上級の料亭と言える。店に戻ると墓参りを終えた両親が帰宅していた。

その夜勇二は、自室で缶ビールを飲みながらテレビのプロ野球を観た。観ながら高校時代を思い返した。

勇二はマネージャーだった美由紀に恋心を抱いていた。学校でも評判の美人だった。美人マネージャーがいる野球部ということで地元のテレビ局が取材に来たほどだった。

夏の全国大会県予選では順調に勝ち進み、決勝まで行った。相手は甲子園の常連校だった。〇対〇で九回まで進んだ。九回表は相手校の攻撃。

そこまでが勇二の体力の限界だったのかもしれない。控えの投手がおらず、連投が続いていた。一番打者の三球目、球が滑ったと思ったら打たれていた。単打だがノーアウト。バントで来ることは間違いなかった。キャッチャーのサインを読んだ。意外に外角にはずせ。だがもうコントロールが利かず、球はストライクゾーンに入った。外角にもヒッティングに出た。いや打者にとっては絶好球だったのだろう。球は一、二塁間を抜けた。ランナー一、三塁。次のバッターがスクイズで来た。一点とられた。

チェンジして攻撃に回ったが、あっけなく三者凡退。甲子園の夢はついえた。相手校の校歌が流れた時、美由紀は涙を流していた。しかし勇二に悔いはなかった。独りで県大会を投げ抜いたから決勝まで行けたことで満足さえしていた。

県大会のあと野球部は引退したから、その後、美由紀と言葉を交わすことはあまりなかった。クラスが違うし向こうは受験があったから。

翌日勇二が店で新聞を読んでいると、こんにちは、と声がした。

七十歳くらいの男性だった。白のワイシャツにグレーのスラックス。パナマ帽にループタイ。

「池沢先生?」

勇二が叫んだ。

「石坂君、久しぶりだね」

池沢は勇二の中学時代の社会科の教師で、三年の時のクラス担任だった。美由紀も同じ中学だった。

「贈答用のお酒ですか?」

池沢が自分の店で酒を買ったことはない。だから彼の飲む酒でなく贈り物の酒を買いに来たと思ったのだった。

「いや失礼、お酒を買いに来たんじゃないんだ。お母さんはいるかな」

勇二は母の洋子を呼び出した。店に出た洋子も勇二のように、池沢先生！　と叫び声を上げた。

「ちょっとお話ししたいことがあるんですが……いいですか」

洋子と勇二は顔を見合わせた。どうぞおあがりくださいと言い、洋子は池沢を奥の座敷に案内した。上座に座らせ麦茶を出した。反対側に勇二と洋子。池沢は麦茶を一口飲んだ。

「私、教職を定年で辞めたあと、しばらく市の教育委員会にいたんだが、それも五年前辞めましてな。毎日暇を持て余してたんですよ。それで昔の同僚に勧められたんですよ。池沢、暇つぶしと言っちゃなんだが、縁結びをしてみたらどうだと。彼も教職を辞めたあと、縁談の世話をしていたようです。教え子の親御さんから縁談の世話を頼まれたのがきっかけだそうです。で、彼から預かった身上書を教え子の母親に見せたりしているうちに、こんな私でも縁結びがいくつかできましてね」

勇二は池沢の来訪の意図がわかった。

「お母さん、勇二君は独身でしたね」

「ええ」

「今現在、付き合っている女性《ひと》はいますかな」

洋子は笑った。

「そんな、息子は不器用で彼女を作るようなことはできませんわ」

余計なことは言うな、と勇二は思った。

「実は浜屋の女将さんから頼まれたんだが、あちらの娘さん――美由紀さんと勇二君の縁を取り持ってくれんかと言われましてね」

うつむいていた勇二が思わず顔を上げた。

「それって、つまり……」

池沢がうなずいた。

「勇二君に美由紀君を嫁にもらってほしいそうだ」

洋子が叫んだ。

「もらうといったって相手さんは一人娘でしょう⁉」

その通りだった。一人っ子の一人娘。しかも「浜屋」の看板娘。勇二が美由紀と結婚するということは、彼女が石坂家に入ることだと洋子は思った。それはつまり「浜屋」の跡継ぎがいなくなるということだ。

池沢は麦茶を飲み、顔を上げた。

「私がこんなことを言っちゃいかんが、だからほかの人には言わないでほしいんだが、一人っ子だ、看板娘だと言ったって子連れの出戻りでしょう、離婚でなく死に別れだったとしても。だから再婚させて体裁よくしたいんでしょうな。いやもちろん美由紀君もまだ若いから今なら再婚できる。なによりお子さんもいるから、その子のためにもお父さんが必要でしょう。お母さんはどう思いますかな」

洋子は目を輝かせた。

「それはもう、うちの勇二が美由紀ちゃんと結婚できるのでしたら、こんないいことはないですわ」

「でも浜本は、いや佐藤は、店の手伝いはどうするんですか？」

勇二が口をはさんだ。結婚するということは美由紀が自分の家へ来ることだと勇二も思った。それとも自分が美由紀の家へ婿養子に入ることになるのか。

池沢はシャツの胸ポケットから煙草とライターを出した。洋子が素早く茶箪笥から灰皿を出した。池沢は煙草に火をつける。

「美由紀君のお母さんは石坂君に養子に入ってほしいらしい。娘さんと二人で店を継いでほしいそうだ」

「じゃ僕に調理人になれってことですか？」

池沢は頷いた。

「お母さんは三代続いたあの店を途絶えさせたくないそうだよ」

そういえば、と勇二は思った。美由紀の父親も婿養子だ。あの店は不思議と男の子に恵まれない家なのよ、と以前母が言っていた。

「僕に包丁が扱えるでしょうか」

「それは彼女のお父さんに教えてもらえばいいさ。ただ私はお母さんに言ったんだ。いきなり養子に入ってくれと言われても石坂君は返事しにくいだろう。この際一度二人を会わせてみたらどうかと。まあお見合いですな。お互いよく知ってる間柄だから、お見合いというとおかしいんだが」

「配達でよく顔を合わせてますけど」

皮肉っぽく勇二は言った。池沢は笑った。

「一度二人でドライブしたらどうだね。今お見合いと言ったが、そんな改まったものでなくて、普段着でどこかへ行けばいいと思うんだが。お盆明けは浜屋は数日休業するそうだからその時にでも」

急な話だと勇二は思った。今日が八月十六日だから盆休みはもう終わったようなものだ。

「逢ってくれるね」

「浜本が逢うって言うんなら」

　翌日の午後、再び池沢が勇二の店を訪ねた。この前のように洋子は座敷の上座に案内し、麦茶を出した。勇二と夫の秀明は別々に配達している。池沢は洋子に一枚の紙片を渡した。

「美由紀君から渡されました。携帯の電話番号です。明後日から三日間店は閉めるそうで、その時なら出かけられるとのことでした」

　勇二は帰ってきて、紙を渡され戸惑った。誘うのも誘わないのもあなた次第よ、といった印象だった。店の配達は両親がいるから問題ない。しかし紙切れ一枚で電話する気にもなれない。だが洋子にせかされ電話することになった。

　夕食のあと自室に入り、スマートフォンを持ち、美由紀の携帯の番号のあと通話ボタンを押した。数回コール音が鳴り、はい、と女の声がした。

「浜本か、石坂だ」

　美由紀は結婚し佐藤姓になったのだが、つい癖で浜本と呼んでしまった。だが、あいつをこれからどう呼べばいいのかと勇二は思った。

石坂さん？　と美由紀の声がした。いつもなら君付けなのだが、わざと他人行儀にしたのか、それとも男女の仲として付き合ううえで「さん」付けにしたのだろうか。

「あさって福井市のショッピングセンターに行こうと思うんだけど一緒にどうだ？」

「何か買いたいものがあるの？」

「最新のグローブが見たいんだ」

見え透いた口実だった。勇二は今、野球はしていない。ただグローブが見たいのは本心だった。もっともそれだけが目的なら一人で行く。

いいわ、と美由紀は言った。

翌々日の朝、車で「浜屋」へ行った。裏口でなく正面玄関前に止めた。玄関戸を開け、ごめんくださいと言うと、ほどなく美由紀が出てきた。イエローのワンピースを着ていた。自分とはバランスが合わないかな、と勇二は思った。ジーパンにTシャツだったから。普段着で、という池沢の言葉を鵜呑みにしたが、靴くらいはスニーカーでないほうがよかったかなと思った。

「里奈ちゃんは？」

「お母さんが見てくれているわ」

美由紀を乗せ、エンジンをかけた。

「中古の軽自動車じゃ、ムード出ねえだろ」

美由紀は黙っていた。何を考えているんだろうと勇二は思った。

福井市までは国道を走れば三十分。しかしそれでは味気ないので、山間部から越前海岸へ出て海沿いの道を走らせた。海水浴のシーズンは過ぎていた。人気のない海岸は何か物寂しい。

「料亭の仕事は大変だろ」

「それほどでもないわ。お父さんとお母さんがいるから」

前を見たまま無表情に美由紀は言う。

「お前は俺と結婚してもいいのか?」

美由紀は黙ったままだった。馬鹿なことを訊いたと思った。そんな問いかけに女が答えられるはずがない。

「石坂さん」

美由紀はそう呼びかけた。面と向かってさん付けで呼ばれて勇二は動揺した。

「私、浜屋を支えていかなければならないの」

先の問いかけの答えになっていない。だが勇二には言いたいことはわかった。美由紀は店を継がねばならない。だから自分に浜屋の調理人になってほしい、そのためなら体裁上夫婦になってもいいと。愛しているかどうかはともかく。

「俺との間に子供ができてもいいのか？」

美由紀はさびしそうに笑う。

「里奈が一人っ子じゃかわいそう。母だって二人くらい孫は欲しいでしょう？」

勇二は少し戸惑った。女の経験がなかったのだ。

車はラブホテルの前を通り抜けた。

「せいりちゅう……」

「え？」

「いや、生理はおわったのか？」

美由紀が驚いた顔をした。

「石坂く……さん」

勇二はうろたえた。もちろんホテルに入る気はなかったが思わず口走ってしまったのだ。

「石坂さん、もうちょっと待って」

意味がわからない。

「私まだ気持ちの整理がついてなくて……料亭の娘だから、店のためにあなたと一緒になるのはいいと思ってはいるけれど」

「待つって言うのは結婚のことか」

美由紀は黙っていた。すぐ勇二は気がつき、気まずくなった。待ってというのはセックスのことだ。

間が持てずCDをかけた。ハードロックだからボリュームは下げる。

そっと勇二は左手を美由紀の右手に添えた。拒まれなかった。

ショッピングセンターでは各店舗をぶらぶら見て回った。美由紀は女性向けの衣料品店に目を留めるかと思ったが、さして関心がないようだった。呉服売り場でも同じだった。

「グローブを見るんじゃなかったの？」

美由紀の言葉に勇二が笑った。

「そんなこと、どうでもいいってわかってるだろ。お前を誘うための口実さ」

「池沢先生に言われて？」

我ながらまずいことを言ったなと思った。独身の自分が中学の先生に縁談を世話されて同級生を誘うなんてみっともない。だが美由紀はさして不機嫌でもないようだった。結局グローブは見ずに館内の和風食堂で昼食を摂った。腹が減った勇二は、かつ丼を頼んだ。美由紀は盛り蕎麦。レジを済ませ店を出ると、自分の分を払おうとしたのか美由紀はバッグから財布を出したが、いいよ、と勇二は言った。

おおかた館内の店舗を見終わったので帰ることにした。半日足らずの、デートともいえないような内容だったが仕方がない。駐車場で車のドアを開けると後ろから浜本先輩！　と女の声がした。振りかえると若い夫婦と二歳くらいの男の子がいた。

まずい、と勇二は思った。美由紀の後輩のマネージャー金子亜紀だ。亜紀は美由紀が既婚なのを知っているはずだ。

「浜本先輩が石坂先輩と……え？　え？　え？」

美由紀が微笑んだ。

「亜紀ちゃん、私、夫と死に別れたのよ。そしたら私と石坂君が教わっていた中学の先生が、私達の縁談をとりもってくれたの」

「じゃ、じゃや、浜本先輩、いいえ、佐藤先輩は再婚するんですか？」

美由紀はそれには答えず、ちらと勇二を見た。この場を立ち去りたいことは明らかだった。

「それじゃな、杉本」

つい勇二は亜紀を旧姓で呼んだ。心が急に高校生になったのだ。

美由紀を「浜屋」まで送り帰宅した勇二は、店の冷蔵庫から缶ビールを出し、代金をレジに入れ、二階の自室へ行った。ある思い出が甦った。


高校の卒業式の日、式が終わり同級生と卒業証書を手に校舎を出ると校門に亜紀がいた。勇二が校門に近づくと右手を出した。

「先輩、第二ボタンください」

同級生が数人いるにもかかわらずそう言われ、周囲が勇二を冷やかした。断れば亜紀が恥をかくだろうと、勇二は第二ボタンを引きちぎり亜紀に渡した。亜紀は無表情のまま礼も言わず、

「石坂先輩は浜本先輩が好きなんでしょう？　でもこれで私の勝ちね」

そう言うと校門を出て行った。あの時のしらっとした気持ちを忘れられない。

数年前、結婚したという亜紀のハガキが届いた。住所は福井市になっていた。亜紀とは年賀状を交わしていたわけでもない。唐突な連絡に勇二は少し戸惑った。だから

と言って何がどうなるわけでもない。もちろん亜紀との結婚など考えもしなかったし。

夜になり階下から洋子が、勇二電話よ、と言った。

「誰からだ」

「それが名乗らないのよ。女の人の声なんだけど」

下に下りて店の受話器を取り、もしもしと言った。

「杉本亜紀です」

亜紀は旧姓で名乗った。

「先輩、本当に美由紀先輩と結婚するんですか?」

勇二は電話をかけた理由がわかった。

「浜本、いや、佐藤が言ってただろう。俺達が教わった中学の先生に縁談を世話されて今日逢っただけだよ。これからどうなるかわからない」

「美由紀先輩は卑怯です」

勇二は返答に窮した。

「実家を継ぐはずが京都で恋愛結婚して、相手が亡くなったら今度は私のあこがれていた人と結婚するなんて、美由紀先輩は私を馬鹿にしています」

「それは論理の飛躍だ」

しばらく亜紀は黙った。

「先輩、明日私のアパートまで缶ビールひと箱届けてください」

「福井市まで缶ビールひと箱届けるだけじゃあ赤字だ」

「じゃあ交通費一万円払います」

「冗談言うな」

「冗談じゃないわ。夫からビールを買うよう言われてるのよ。いつもなら家計費から出して家計簿は夫に見せるけど、今回は私のお金で高校時代の先輩のお店で買ったって言うわ」

「無茶言うな。その先輩は男か女かくらい訊くだろう。どう答えるつもりだ」

「昨日会ったうちの男の人が先輩で、電話がかかってきてウチでも買ってくれよと言われたので買わされたというわ」

「それじゃまるで俺が押し売りしたみたいじゃないか」

「とにかく持ってきて。今から住所を言うから」

勇二が住所をメモすると電話が切れた。

翌日勇二は洋子に、後輩からの注文で缶ビールを持っていく、と告げた。

亜紀の家族はアパート住まいだった。インターフォンを押すとドアが開いた。勇二は玄関框のそばに缶ビールを置き、交通費はいらないぜ、と言った。

「お支払いするから上がって」

亜紀が言った。いやここで、と勇二が言ったが、冷たいお茶を出すからと手招きされ、仕方なくスニーカーを脱いだ。亜紀はキッチンのテーブルに財布から出した代金を置き、

「先輩、抱いてください」

と言った。

「馬鹿なこと言うな」

亜紀はその場で服を脱ぎだした。

「娘は保育園に預けてあるの。夫は今日から長期間出張。私パートは休んだの」

「杉本、やめろ!」

亜紀はブラジャーを取り、ショーツをずり下ろした。全裸になった亜紀が仁王立ちになり、にやっと笑った。

「夫は出張が多く最近ご無沙汰なのよ」

亜紀は膝立ちになると勇二のズボンのベルトを外し、ボクサーパンツごとずり下ろした。

亜紀が陰茎を口に含むと勇二の理性のタガが外れた。


キッチンの隣の部屋のセミダブルベッドで二人は抱き合った。

(最初からそのつもりだったのか)

行為のあと、帰るぜ、と言い勇二は布団から出るとボクサーパンツを穿いた。寝返ってうつぶせになった亜紀が勇二を見る。

「先輩、避妊しませんでしたね。私、安全日じゃなかったんですよ」

その言葉にどきっとした。

「私妊娠したら産みますよ。そしたら認知してくださいね」

「そんなことしたらお前たち夫婦は」

「いいのよ。あの男飽きちゃった。なんなら離婚してもいいわ。そしたら先輩結婚してくれる?」

「そんな……俺は美由紀と」

「先生に紹介されて逢っただけなんでしょ?」

勇二は言葉に詰まった。この女どういうつもりだ。

「まあ結婚してくれなくてもいいけど、認知はしてもらうわ。いやだと言ったら家庭裁判所に認知申立てするから。先輩に私生児がいるとわかったら美由紀先輩は、いいえ、美由紀の両親は結婚を承諾するかしら」

恐ろしい女だと勇二は思った。無言でアパートを去った。亜紀が妊娠しないことを祈りつつ。

数日後、美由紀から勇二に電話があった。日曜日の午後一時に国道沿いの「カノン」という喫茶店に来てほしいとのことだった。何だろうと思い定刻に喫茶店に行くと、驚いたことに美由紀の隣に亜紀がいた。勇二に気づいた美由紀が、こんにちはと言った。

亜紀は幾分緊張した顔をしている。あのことを美由紀に言ったな、と勇二は思った。席に座りコーヒーを注文した。美由紀が口を開いた。

「ざっくばらんに言うわ。要するに杉本さん、いえ金子さんのお腹には石坂さんの赤ちゃんがいるかもしれないってことね？」

わざとだろう、美由紀は石坂さん、と言った。高校時代の顔見知りなのだから当時の呼び名で「石坂君」でいいはずだ。

「もし妊娠したなら、石坂さん、認知しなさいよ」

えっと、勇二と亜紀が同時に声を上げた。

「認知して、親権を主張しなさいよ。私と石坂さんとで育てるから」

「それじゃお前……」

美由紀は勇二を見て頷いた。

「私、勇二さんと結婚します」

亜紀の顔が青ざめた。

「さてと、金子さん。あなたは旦那様と長い間セックスレスだそうね。それとも出張が多くてなかなか夜を共にできなかったのかしら？」

亜紀は唇をかみしめた。

「そんなあなたが産む子ですもの。ご主人さんとの子でないとわかるわよね。さあどうなるかしら。まあ離婚か別居よね。それとも二人で石坂さんの子供を育てるの？」

亜紀の目から涙があふれ出した。

「美由紀先輩、私にどうしろっていうんですか？」

「それをあなたが決めるのよ」

怖い女だ、と思った。ひらきなおりか。美由紀はよその女との子供を育てるというのだ。

「中絶するのも一つの手よね」

ひどい！　と亜紀が叫んだ。客が一斉に亜紀の顔を見る。

「先輩、あなたはひどい。私の憧れのものをすべて奪っていく」

「私はただ勇二さんと結婚するだけよ」

「私、本当は石坂先輩と結婚したかったんです！　でも親が勝手に私の縁談を進めて……自由恋愛の時代に時代錯誤な結婚させられたんです」

「縁談がなかったら石坂さんと結婚できたっていうの？」

亜紀は自分のコーヒー代をテーブルに置くと、泣きながら店を出て行った。あきれたように勇二は言った。

「お前、怖い女だなあ」

「女同士の喧嘩って怖いものなの。私も京都にいた時――」

そう言って美由紀ははっとした。

「ごめんなさい、変なこと言って。失礼するわね」

伝票を持って立ち上がる美由紀を制し、勇二は俺が払うと言って伝票を取った。

家へ戻った美由紀は、玄関土間に見慣れない女物の草履があるのを見た。奥の座敷からあたふたと母の礼子がやってきた。

「美由紀、お客様よ」

「誰？」

それには答えず手招きする。座敷の襖を開けた、美由紀はあっと叫んだ。夫の母、つまり義母の佐藤芳江だった。

きちんと髪を整え、和服で正座している。芳江は美由紀を見据えると、

「おひさしぶりね」

と言った。美由紀は何と返せばいいかわからず頭を下げた。改めて見ると芳江は下座に座り、床柱側には誰もおらず座布団が置かれている。父が入り口の反対側に座っている。上座をすすめたが、それを拒んだことがうかがえる。

とにかく座って、と礼子が言うが、どこに座ればいいかわからない。まさか床柱を背にはできまい。それで襖の側に座ったが、座布団がない。あわてて礼子が座布団を取りに行った。

「奥さん、今まで話したことを美由紀さんに言ってくださいな」

座布団を持ってきた礼子に芳江が言った。だが礼子は何かもごもご言うだけで言葉にならない。やれやれと言った顔で芳江が言った。

「じゃあ私が美由紀さんに言いましょう。美由紀さん、京都の私の家に来てくださいな」

言っている意味が美由紀には、咄嗟にはわからなかった。

「この春、夫が亡くなって家は私一人になったんです。独りじゃ不用心だし、幸か不幸か施設に入るほど衰えていない。幸い貯金もあるし、夫の遺族年金と私の年金も入るので当面生活費には困りません。あなたは好きな時間に好きな仕事をして、お給料を小遣いにすればよろしいですのよ。そのかわりほんの少し、私の身の回りの世話をしてほしいの」

美由紀は義母が苦手だ。蛇のような眼で睨まれると何も言えなくなる。だが精一杯の勇気を出して声を出した。

「お義母さん、私、両親の店を継がなくてはならないんです」

きっと芳江が美由紀をにらんだ。

「あなたにそんなことを言える資格があると、少なくとも私が思っているとお考えなの？」

美由紀は顔を伏せた。

「あなたはご両親に黙っていたようね。あなたは既婚者だった私の息子を誘惑したのよね。そして子供を身ごもったら嫁にわざわざ電話したそうね。私はあなたの夫の愛人です。あの人との子供を身ごもっていますと。嫁は泣いて家を出て行ったわ。息子は仕方なくあなたと再婚したのよ。職場で噂が伝わるといけないからと。あなたはうまうまと寿退職したけれど、息子が練炭自殺したのだけは誤算だったわね」

美由紀はぐっと息をのみこんだ。あのころのことが甦った。


四年前の休日、美由紀が京都の繁華街を歩いてると上司の佐藤真一が彼の妻恵理子と歩いている場に出会ったのだ。先に美由紀が部長、と声をかけた。気づいた佐藤が隣の女性を妻の恵理子だよ、と言った。美由紀は恵理子の美しさの中に傲慢さを感じた。メガバンクのエリート行員の妻、という役を演じているのが見え見えだった。この女から真一を奪ってやろう、と美由紀は思った。若気の至りだったかもしれない。悪女にあこがれていたともいえる。

仕事でわからないことがあると真一に訊いた。説明を受ける時、意図的に身体を真一に近づけた。男物の腕時計を買った。店員に贈り物だと言って包装してもらった。

真一と二人きりの残業になった時、いやわざと金曜日残業するようにしたのだ。いろいろ教えてくれたお礼です、と腕時計を渡した。顔をほころばせた真一は夕食を御馳走すると言った。レストランで美由紀は飲み物にワインを頼んだ。

酒には強かったが酔ったふりをした。どこかで休みたいわ、と真一に言った。それが合図であるのは真一にはわかった。二人はホテルへ入った。密会は幾度か続いた。検査薬で美由紀は妊娠したのを確認した。

平日の午後、美由紀は真一の家に電話した（真一から来た年賀状で家の電話番号はわかっていた）。案の定、専業主婦の恵理子は家にいた。美由紀は言った。私はあなたの御主人と関係しているのよ。おなかにはあの人の赤ちゃんがいるわ。

真一と恵理子の中に亀裂が入るにはそれで十分だった。着信履歴を見て真一は美由紀に電話した。この時点で真一はそれが美由紀の携帯番号とは知らない。真一は美由紀に言った。

「でたらめを言わないでくれ。私は浮気なぞしていない」

美由紀はふっと笑った。

「浮気の相手に電話していてもわからないの？」

真一は無言になった。電話の相手がわかったようだ。

「部長、奥様と別れて私と結婚してくださる？」

「それはできない」

「それなら部長との関係を支店長に言いますよ」

また真一は黙る。浮気が行内に知れ渡れば即刻異動のはずだ。地方に飛ばされる。美由紀自身は自分の不倫が知れても構わなかった。銀行なぞ辞めてもかまわない。どうしても結婚しないというならこっそり中絶して故郷の料亭を継ごう。

真一は恵理子と離婚した。美由紀は退職し、真一と結婚した。

誤算があった。真一夫婦は彼の両親と同居していたのだ。広い家で二世帯が暮らすのに不便はなかった。台所こそ共用だが、若夫婦用に浴室とトイレがあった。真一の家に初めて入った時、芳江はものすごい形相で美由紀を睨みつけた。それはそうだろう、妻子（真一には小学生の女の子がいた。恵理子が家を出る時に引き取った）ある息子を誘惑し、夫婦関係をめちゃくちゃにしたのだから。

「美由紀さん」

「はい」

「三度の食事は別々にしましょう。奥の庭に台所を増築します。私と夫はそちらで食べますから」

礼子には入籍したとだけ伝えた。当然ながら礼子は驚き、披露宴はしなかったのかと訊ねた。仕方がないので美由紀は、できちゃった結婚なのよと言った。生まれたの？　いいえ、今妊娠八か月。

それでも礼子は、落ち着いたら地元で披露宴をしようと言った。子供が生まれてからの披露宴も最近では珍しくない。以前礼子は駅前のホテルのブライダルフェアのキャッチコピーを見た。「ママになって結婚するって素敵なこと」

だが恵理子は黙っていなかった。支店長に真一と美由紀の関係を伝えたのだ。美由紀は退職したのだから支店長は恵理子の話を確信した。真一を地方へ飛ばすことにした。真一のプライドがガタガタと崩れた。彼は日曜日車に練炭を載せ京都の山奥で練炭自殺した。

我ながら自分勝手だったと思う。芳江にはお産の暇をもらいますと言って、それきり京都へは戻らず地元で里奈を産んだ。礼子には夫は急性心不全で死んだと言い、このまま地元で暮らすと言った。

そして今は……軽はずみに出たとはいえ、同級生の勇二と結婚すると言ってしまった。もしかしたら勇二と、自分ではない女との子供も引き取ると。

「聞いてるの？」

　芳江の激しい口調で我に返った。

「あなたはまだ佐藤姓のはずよ。私と一緒に暮らしておかしくないでしょ。何も金を出せって言ってるんじゃない、私の身の回りの世話をしてほしいって言ってるのよ」

「お義母さん……」

　そう言ったきり美由紀は黙り込んでしまった。


　芳江が帰ったあと、礼子と美由紀は台所で向かい合って座った。里奈は奥の部屋で寝かしてある。

「あなたがまさか妻子ある男を誘惑したとは知らなかったわ。勇二君には言ってないでしょうね？」

　美由紀は口ごもった。だが、きっと礼子をにらんだ。

「言ってない。だけど、言ったらどうだっていうの？」

　礼子は答えず茶をすすった。

「要するに私が石坂君と結婚して、浜屋を営んでいけばいい、そうじゃないの？」

美由紀は台所を出て行った。勇二の携帯に電話した。コール音が数回なり、勇二が出た。

「石坂君？　美由紀です」

「おまえか、何の用だ」

「今すぐ逢ってほしいの」

「さっき逢ったばかりじゃないか」

「とにかく逢って。迎えに来て」


正面玄関へ車を止めるか、いつものように裏口へ止めるか。勇二は少し迷ったが正面に車を止めた。この間逢った時はいわばお見合いだったので正面に止めた。だが今日配達でもないのに裏口へ止めるのはおかしい。

「どこへ行く？」

「ホテルへ連れて行って。私を抱いて」

「いいのかよ」

「私……あげるわ、私の身体。石坂君に」

勇二は以前美由紀とドライブした時に通り過ぎたホテルに入った。

勇二はベッドから起き上がりバスルームへ行った。美由紀はベッドに寝そべってい
る。何があったのか勇二には理解できなかった。

「ねえ、石坂君」

「なんだ」

「本当に私と結婚していいの？」

「どうしてそんなことを訊くんだ」

「私、人の幸福を奪った女なの」

美由紀は勇二にすべてを話した。

「なあ、浜本」

勇二は美由紀を旧姓で呼んだ。

「お前の過去は過去として、正直俺はお前と一緒に暮らしていきたい。お前が好き
だった、ずっと」

翌日、浜屋から電話があった。礼子からだった。美由紀が死んだという知らせだっ
た。

「通夜も葬儀もしませんので美由紀に会いに来ていただけませんか」

勇二は浜屋の奥座敷に行った。美由紀は布団の中にいた。白い布がかけられていなければそれが亡骸とは思えなかった。礼子が布を上げた。化粧をした美由紀が目を閉じている。

「死因はなんですか?」

礼子の目から涙が流れた。

「美由紀は自殺したの。奥の蔵の、むき出しの梁に荒縄で首を吊って。お客さんやご近所には、美由紀は京都に戻ったと言っておくから、話を合わせてね」

「里奈ちゃんはどうするんですか?」

勇二が言うと礼子は大声で泣き始めた。

「お母さん」

「私はだめな母ね。人の御主人をたぶらかした娘をあなたにもらってほしいなんて、恥知らずもいいとこだわ」

勇二のスマートフォンが鳴った。洋子からだった。急ぎの配達が入ったという。勇二は店に戻り、軽ワゴンにビールを積んだ。

通りゃんせ

山野真樹子は机の中の飯野敏彦の手紙を出した。

今までもう何度も読んだ。文面が変わるわけがない。だが気がついたら「君とはもう逢えない」が「もうすぐそっちへ帰るから結婚しよう」となってはいないかと今でも日に一度は読み返す。パソコンのメールやＬＩＮＥの時代に無骨な字で別れの手紙を出す敏彦のことを、女の心を踏みにじる嫌な男だと思おうとしても未練が残る。彼への愛情はない。だが、いまだに独身でいるのが体裁悪い。

名古屋の私立大学を卒業した真樹子は地元北陸のある街の市役所に就職した。堅い仕事についた真樹子を、華道の教室を開いていた母は喜んだ。父は県議会議員だが、女のことで悪い評判が立っていた。家の中で父母の会話はほとんどなかった。

二十七歳の時、父は真樹子に縁談をもちかけた。相手は父も所属する政党の地元国会議員の秘書だった。地元の事務所での仕事が中心なので議員会館のある東京で暮らす必要はないと言われ、ゆくゆくは両親の世話もしなければと思っていた真樹子は敏彦に逢った。真樹子は一人っ子である。敏彦は八歳年上だった。

大卒で公務員で母と同じく華道の教授、父は県議会議員。自分で言うのもなんだが、相手にとって悪い話ではないだろうと真樹子は思った。案の定交際が決まり、真樹子は敏彦と映画を見たりドライブに行ったりした。

結納を交わしたあと父が死んだ。急性心不全だった。葬儀のあと敏彦は一方的に婚約を破棄した。結納金を返せとまで言ってきたが母は返さなかった。敏彦は代議士の議員会館事務室で働くことになった。手紙はその時届いたのだ。

突然のことで真樹子は戸惑ったが、まだ披露宴の招待状を出す前だったので仕方なく受け入れた。なぜか母は怒らなかった。

そのうち役所から噂話が耳に入ってきた。敏彦は父と入れ替わりに県議会議員選挙に出るつもりだったらしい。その地盤固めのための縁談だったと。父は敏彦が秘書を務める代議士に世話してもらって衆議院比例代表選挙に立候補するつもりだった、だが、父の死により敏彦は県議になる可能性がついえたので婚約破棄されたのだと。

そのことを母に告げるとさもありなんという顔をした。

「あの人が世話するんだから、それくらいの下心はあると思ってましたよ。かえってせいせいしたわ。もしあの男が県議に出るとなったら、あなたはあちこち振り回されてましたよ。選挙がどれだけ大変か、あなたにはわからないでしょうし、わかってほしくないわ」

そう言った母も真樹子が三十歳の時ガンで亡くなった。五年後の今、三十五歳の真樹子は一人暮らしだ。平日は役所で働き、土曜日の午後は自宅で生け花を教えている。


日差しの強い五月の日曜日、真樹子は玄関に飾る花を買おうとスーパーの花売り場へ行った。頭にタオルを巻き、エプロンをつけた長身の男が「いらっしゃい」と言った。三十歳くらいだろうか。三か月ほど前からこの店にいる。

「花菖蒲と菊をください」

「菊は何色がいいですか」

「そうね、黄色がいいわ」

わかりました、と男は花を選び包装紙でくるんだ。レジに立ち、

「奥さんは生け花の先生ですか？」

そう言ったので真樹子は戸惑った。

「私、独身です」

「へえ、あなたみたいな美人が独身ですか。世の男たちは女性を見る目がないんですね。ところでどうなんです、独身かどうかはともかく、生け花の先生なのは本当です

か？」

　ぶしつけな質問に真樹子は少し不愉快になった。

「そうです。でもなぜ」

　男に紙幣を渡して真樹子は尋ねた。

「四季折々いろんな花が咲きますから時期によって買う花が変わるのは当たり前なんでしょうがね、あなたの買った花をインターネットで調べたら見事に時節の生け花用の花だったからですよ」

「私の買った花を調べていたんですか？」

「あなたみたいな美人の買う花はどういうものなのか知りたくてね」

　えへへと男は頭を掻いた。衝動的に真樹子はバッグから名刺を出すと男に渡した。流派の名前と師範を意味する文字が印字されている。女としてこの男に関心が湧いたわけではなかったが、生徒は一人でも多いほうがよい。

「よかったら習いにいらっしゃいませんか」

　男は少しの間黙ったあと口を開いた。

「せっかくだけど遠慮しときますよ。独身の男が一人暮らしの女性の家へ行ったら、あなたに変なうわさが立ちますから」

言ってから、しまった、というような顔をした。

「すみません、姉からあなたのことを聞いたんです。この店で働いてすぐあなたが花を買いに来て。すごい美人なんでどういう人だって訊いたら華道の先生だって。独身なのも、独り暮らしだってことも聞いていたんです。姉は今育児で忙しくて、それで僕が代わりに働いているんです」

からかわれているのかと思ったが腹も立たなかった。いい歳で独身なので好奇の対象になることは嫌というほど味わっている。

「あなたのお名前は？」

「一之瀬です。一之瀬祐樹」

「一之瀬さん、これからもよろしく。私が買う時はいいお花を選んでね」

そう言って真樹子は店をあとにした。悪女を演じたつもりだが、小娘の芝居と変わらなかったかもと思うと恥ずかしくなった。

花を生けて夕食を摂り、入浴を済ませベッドに入った。真樹子は自慰の癖がある。指でなぞると濡れてくる。女なんだなと思う。

交際中、敏彦と性交渉はなかった。その時はそれが当然と思っていたが、今思えば彼は自分に女としての興味がなかったのだろう。真樹子はいまだ処女だった。学友のほとんどは結婚している。披露宴の場所も大学があった名古屋や、奈良、岐阜とあちこちに招待された。

仮に自分が結婚するとしても彼女たちは家事や育児を理由に披露宴を欠席するだろう。いや、もし結婚するとしても披露宴はいらない。今さら披露宴の仰々しい演出に振り回されたいとは思わない。

市役所の一日は忙しい。

市民課の真樹子は市民の申し出に応じ住民票、印鑑登録証明書、戸籍謄本を出す。出生届、死亡届も受ける。婚姻届、離婚届を渡し、または受理する。この街で日々多くのドラマが生まれているのだと最初は感慨深かったが、今はただ淡々と仕事をこなす。

窓口に二時間ほど立った真樹子は他の職員と代わり奥のデスクで事務仕事についた。すみません、と女の声がした。顔を上げると女は「あら」と苦笑いした。藤崎美和だった。真樹子の高校の同級生だ。

「みっともないわね、あなたにこんなもの渡すなんて」

美和は離婚届を真樹子に渡した。住民票等の窓口と、婚姻、離婚届の窓口は分かれている。離婚届には美和と配偶者の名前が書かれており、押印されていた。職員である真樹子は離婚の理由など訊けない。記載されている事柄を確認し、はい、と言った。

「ねえ、よかったらお昼にお茶しない？」

美和の言葉に真樹子は戸惑った。彼女とは高校時代それほど親しかったわけではなかったから。三年生の時同じクラスになり、二言三言言葉を交わしたくらいだ。

「ごめんなさい、いそがしいの」

嘘ではなかった。休憩時間はあるが、役所を出て喫茶店に入る余裕はない。それは美和も察したようで、じゃ、と片手をあげ去っていった。

夜、美和から電話がかかってきた。

「山野さん？　藤崎です」

真樹子は少しあきれた。母の死後、ハローページから電話番号は削除した。だが生け花教室をしているのでタウンページには「山野生け花教室」として番号は載せている。無論タウンページくらい美和は持っているだろうが、そこから番号を探し出したのか。狭い町だから真樹子が生け花教室をしていることを彼女が知っていたにせよ。

「私の離婚の理由わかる？」

真樹子は黙っていた。離婚の理由など知る由もないし、知りたいとも思わない。

「ダンナが浮気したのよ。看護師と」

美和の夫は市内の総合病院の外科医だ。

「女が家に来てね、妊娠したから、産んだら認知しろとダンナにせまったの。それから修羅場よ。私とダンナと女の怒鳴り合い。結果協議離婚よ。今私は二人の子供とアパート住まい。仕事を探している最中よ」

それで何が言いたいのか。

「私もあなたといっしょになっちゃった」

なんだ、それで電話してきたのか。自分と同じ独身になったからと。しかし真樹子は美和が自分を見下しているのがわかる。離婚したとはいえ、医者の妻だった。それに同じ独身でも、結婚歴があるのとないのとで人の見る目が違う。結婚歴のない自分は、おぼこいお嬢ちゃんだとみられているのがわかる。きっと彼女は真樹子より自分の方がましだと思っているのだろう、腹が立ってきた。そのうち逢おうと言ったが、生け花展が近いので忙しいと言って電話を切った。

生け花展はショッピングセンターのホールで展示される。真樹子の生徒は十人足らずでささやかな展示会となるが、会場の使用許可をもらったりチラシを作って新聞に折り込んでもらったりと、一人でやるにはこまごまとしたものがある。だから忙しいというのは嘘ではない。

日曜の朝、真樹子は祐樹の店へ花を買いに行くと、生け花展のチラシを渡した。

「よろしかったら見に来てください」

チラシを見た祐樹が笑った。

「ええ、行きますよ」

あっさり言ったので真樹子は意外だった。

「生け花に関心があるの？」

祐樹は笑った。

「そりゃ僕の店の花をあなたがどう飾るか関心ありますよ。それにあなたの生徒さんもここで買っているし」

それは真樹子も知っていた。生徒が生けている時、どこの花屋で買ってきたか話すから。

家に帰り居間で花を生ける。

通りゃんせ
通りゃんせ
ここはどこの細道じゃ

ひとりで生ける時、ついくちずさむ。生前祖母がよく歌っていた。真樹子が幼い頃は、母は華道の出張教室で不在が多かったので、祖母が遊び相手になってくれた。祖母は県庁所在地で生まれ、空襲も経験した。戦後洋裁学校を卒業し、木材店の跡取り息子である祖父と結婚した。戦後の復興期で、住宅はもちろん学校の校舎も木造だったので、店は羽振りが良かったようだ。妾を持つ木材店主も多かったようだが、堅物の祖父は女遊びはしなかった、とまだ中学生のころなのに祖母は真樹子に話した。この家も昭和五十年代に建てたもので、相当老朽化してきた。

いきはよいよいかえりはこわい
こわいながらも通りゃんせ、通りゃんせ

なぜ祖母は幼い自分にこの歌を歌ったのだろうと思う。いきはよいよいかえりはこわい、のところは本当に怖く聞こえた。ひょっとして女の人生は楽じゃないと教えようとしたのだろうか。

生け花展の日、真樹子は和装で会場の受付に座った。来場者に名前と住所を記入してもらう。翌年の展示会の時、案内のハガキを出すためだ。

生徒も何人か来ている。真樹子にとって親か、それ以上の年齢の生徒も、彼女を「先生」と呼ぶ。男性はいない。生徒と言っても中学生から七十歳代まで様々だ。

祐樹が来た。手に花束を持っている。

「先生こんにちは。着物だと美しさがぐっと増すね」

彼が真樹子を先生と呼ぶのは初めてだ。

「店からくすねたんじゃないよ。これは姉からです。まあ僕の気持ちも入ってるけど」

花束をテーブルに置いた。

「どうぞ」

真樹子は記帳用の冊子と筆ペンを出した。さらさらと祐樹は書いてゆく。名前、住所、そしてその左に携帯の番号。

「あら、電話番号はいいのよ」

「いいのいいの、さびしくなったら電話してよ」

祐樹の返事に年配の「生徒」たちがわっと笑った。真樹子は顔がかっと火照った。

ふっと思った。祐樹に出した名刺には自分の携帯番号とパソコンのメールアドレスがあった。密かに彼とメールや電話のやりとりができたら……

その思いをすぐ真樹子は否定した。何を考えているの、今さら自分に男の縁などないわよ。祐樹（心の中で真樹子は呼び捨てにした）だってきっといい人がいる。いなかったとしても彼を狙っている女がいるに違いない。

ちいさな展示場である。ぐるっと一回りすれば見終わってしまう。

「ふーん」と、祐樹は言った。

「どう？」

「やっぱり僕も生け花習おうかな」

真樹子は返答に窮した。前に逢った時は社交辞令で誘ったのだが、今は女性の生徒たちがそばにいる。それに独身の一人暮らしの女性の家に行くと私が怪しまれると言ったではないか。

「ゆうちゃんは生け花なんて習わなくていいの。それより先生と結婚しなさいよ」

六十歳過ぎの加藤悦子が言った。また周囲に笑い声が起きる。

「いや、先生は高根の花だよ」

祐樹が言う。からかっているようにも思える。それでも機転がきくらしい祐樹は、真樹子が当惑しているのがわかったのか、じゃ、と去って行った。

「ゆうちゃんはW大学出なの。今三十歳」

悦子が言った。東京の難関大学だ。

「一之瀬さんのこと、よく知っているんですか?」

狭い町だからおかしな話ではないが。

「私の中学校の教え子よ。クラブはバスケットボールで、私が副顧問をしていたの。もちろんその時はゆうちゃんでなく、一之瀬君と呼んでたけど。人気者でね、女子たちから、ゆうちゃんゆうちゃんて呼ばれてたから、花売り場で久々に逢った時、ついゆうちゃんで言ってしまって」

悦子は中学校の教員だった。真樹子は最初に悦子に教えた時、元先生から先生と呼ばれ面映ゆく思ったものだ。

「せっかくW大学出たのに花屋さんですか」

もちろん花屋も悪くないが、銀行とか保険会社には勤めなかったのか。

悦子がふっと一息ついた。

「卒業後警視庁に入ったのよ。それをゆうちゃんのお姉さんから聞いた時はびっくりしたけど、あの子あれで正義感は強いからピッタリな仕事かなと思ったわ。実家の花屋はお姉さんが継いで養子さんももらったので、ゆうちゃんは郷里に帰る必要はなかったのよね。でもね、商売はやっぱり男の子が継ぐべきだと思ったわ」

「どうしてですか？」

悦子がそばに寄った真樹子の耳に掌をかざす。

「養子さんが家を出て行ったのよ。ゆうちゃんの店は個人商店だけど、代表者はお姉さんの名前になっているの。男ってみみっちいね、それが気に入らなかったみたい。出て行っても離婚届に署名はしない、宙ぶらりんな関係なのよ」

祐樹の店の本店は駅前の商店街の中にあった。おそらく養子が出て行ったあと姉が本店につき、祐樹がスーパーの花売り場を担当したのだろう。

「ゆうちゃんは今実家で、お姉さんやご両親と暮らしてるわ。お花屋さんだとしてもW大卒だし、先生、冗談抜きでゆうちゃんのこと考えてみたら？　なんなら間を取り持ってあげるわよ」

そう言われても、まさかお願いしますとは言えない。W大卒で三十歳、顔もスタイルも悪くない。そんな男が年上と結婚するわけはないと思った。

八月中旬の旧盆、市主催の夏祭りが開催される。市役所前の道路を通行止めにして一般市民が盆踊りを踊る。市役所の職員もなかば強制で浴衣で踊らされる。真樹子はそれがうっとうしかった。振り付けが、なんとも奇妙なのだ。

盆踊りの日、市役所から預かった浴衣を持って帰ると、真樹子は着替え始めた。真樹子の家は市役所から近い。他の職員は市役所の近くの公民館で着替えるが、同僚たちの下着姿を見るのも、また自分の下着姿を見られるのも嫌だった。いささか衰えた肌はなおさら見られたくない。

中学生のころから祖母に着付けを教わった真樹子は、自分で帯を締められる。下着も湯文字だ。ブラウスとスカートを脱ぎ、ショーツを下ろす。

ふと気がつく、玄関の鍵を閉めていない。今男が侵入してきたらレイプされるかも。

ふっと笑った。そんな男が入ってきたら、服を着ていようがいまいが同じことだ。

自分が一人暮らしでいることくらい町中に知れている。それで男が入ってこないということは、女としての魅力がないのだ。

夕日が沈むころ、大音量の民謡が流れた。いわゆる「ご当地ソング」だ。地元の山を○○富士と歌うことに陳腐さを感じる。歩道は人でひしめき合っている。こんな踊りの行列でも、見ていて楽しいのだろう。

真樹子の動作が一瞬止まった。群衆の中に敏彦がいたのだ。盆休みで帰省しているのか。議員秘書も夏期休暇が取れるのか。

家に帰り帯をほどいて浴衣を脱ぎ捨てた。汗でびっしょりだ。やたら疲れた。シャワーを浴びるとつい指が秘部へ行く。あの癖だ。

日曜の朝、チャイムが鳴った。

玄関戸を開けると真樹子は、あっと叫んだ。敏彦だった。町内会長もいる。敏彦はにっこり笑った。

「こんにちは、お久しぶりです」

敏彦は手に持っているものを真樹子に渡した。敏彦のリーフレットだった。スーツを着てガッツポーズで笑う敏彦の横に「県政に新しい風を！　飯野としひこ」と印字されていた。

「私このたび県議会議員選挙に出馬することになりまして。どうかお力を貸してください」

町内会長も、真樹ちゃん、よろしく頼むよと言った。

昼真樹子はコンビニへ行ってワインとチーズを買った。家に帰ると居間に胡坐をかいた。

今日ぐらい、あばずれ女になってやろう。一方的に婚約破棄した男が久しぶりに現れたと思ったら選挙に出るから応援してくれ？　ふふふ、私も舐められたもんだわい。真樹子はワインをグラスに注ぐと、ぐっとあおった。ふと思いつき、生け花展の記帳を出した。祐樹の携帯番号を確認した。

祐樹にメッセージを送ろう——

「今晩よろしかったら家へいらっしゃらない？　真樹子」

しばらく逡巡したあと送信した。果たして自分は悪女になれるか。

午後九時チャイムが鳴った。玄関戸を開けると祐樹が立っていた。怒ったような表情だった。

「あんた、どういうつもりだよ」

「どういうって……」

祐樹は中に入り、小縁に腰かけた。

「ひとり暮らしの女が男を誘う危険性がわかっていない。東京じゃ考えられない」

確かにこの町は田舎と言ってもいい。性犯罪があったなどということは聞かない。

「行こうか行くまいか考えたんだよ。前にも、あんたに悪いうわさが立つから家には行かないって言ったよな。あんたにそれほど男友達がいるとは思えないが、そんな風に男をちゃかしたらひどい目にあうぞ。ちょっとそれを説教に来たんだよ」

なるほど、正義感の強い男だと思った。今、自分が祐樹に押し倒されても抵抗できないだろう。レイプしようと思えばできる状態なのに、手を出さず逆に諭そうとする。

「とにかくあがってよ」

思い切って真樹子は自分の部屋へ招くことにした。二階の洋間が真樹子の部屋だ。座卓横のクッションに座るよう促し、階下へ下り、昼のワインとグラスとチーズをトレイに載せてあがった。ワインを見た祐樹は、俺、車だから飲めないよ、と言った。

「だったら私一人で飲むわ」

祐樹が「はあっ」とため息をつく。

「酔いつぶれたらどうするんだよ、俺だって男だぜ、何をするかわからない」

「どうにでもして」

真樹子はぐっとワインを飲む。

「何かあったのかい?」

少しの間迷ったが、敏彦との経緯を話した。

「へえ、いいなずけがいたんだ。国会議員秘書なら大したもんだ」

祐樹は座卓のワインを見た。

「先生、ビールある?」

「先生はやめてよ」

「じゃ真樹子さん」

「アルコールはこのワインだけ」

「じゃ、買ってこよう」

祐樹が立ち上がった。近くにコンビニはある。

「車で来たんでしょ?」

「今日はここで泊まるよ。道路に止めてあるけど、ここは駐車禁止じゃないでしょ」

泊まると言われて、今さらながら真樹子はうろたえた、確かに家へ誘ったのは軽はずみだった。朝帰りの祐樹を町の人が見たら……。

十分ほどして祐樹は、缶ビールとつまみの入った袋を持って部屋に入ってきた。

「真樹子さんはチーズ。俺はえいひれ、あたりめ」

「真樹ちゃんのほうがいいわ、そう呼んで」

祐樹はプルタブを開け、ビールを口に注ぐ。

「祐樹さんはお家の都合で警察を辞めて帰ってきたのね？」

祐樹はあたりめをしゃぶる。

「警察が嫌になったんだ」

「何が嫌だったの？」

祐樹は黙った。

「警視庁という組織が嫌なの？　警察官の仕事が嫌なの？」

「どっちもだった」

祐樹は真樹子を見つめた。

「真樹ちゃん。地方に生きてる若者って、都会にあこがれるよねえ」

「ええ」

「俺もそうだった。頑張って勉強して大学に受かって、家は姉が継ぐから東京でやりたいことをやろうって警視庁に入った。でも何かが違うんだよな」

「何が?」

祐樹はビールを飲む。

「地方人は地方で生きていくのがいいんだ。都会の、単に人が多いだけじゃない、いろんなところからいろんな人がやってくる東京は、俺の肌に合わなかったんだ。とにかくむしゃくしゃして、警察辞めてこっちへ戻ってきたら、姉さんが結婚相手と別居しているって知った。スーパーの店を受け持つものがいないと。だからとりあえず、スーパーの花売り場を担当したってわけさ」

「東京に恋人はいたの?」

「いたけどストーカーに殺された」

真樹子はどきっとした。

「大学の同級生でね、九州出身だった。俺は警視庁に入り、彼女は証券会社に就職した。そのうち彼女は帰宅時に男に付きまとわれるようになったんだ。怖いって、何度もメールが来た。警察官は夜勤が多くて俺はなかなか彼女に会えない。とにかく最寄りの交番か警察署に行けって返事した。それで彼女は行ったらしい。だけど警察は、付きまとわれているだけでは捜査できないって言ったそうだ。そして事件は起こった。帰宅時にストーカーにナイフで刺されて死んだ」

真樹子は、そんなニュースもあったな、と思った。

祐樹はポケットから煙草とライターを出し、煙草を咥えると火をつけた。

「話はそれで終わらない。ある警察官がマスコミにリークしたんだ。被害者は何度も警察へ行き相談したが、警察は民事不介入で捜査しなかったと。それで世間が大騒ぎした。面目を失った警視庁は事件とまったく関係ない男を別件逮捕して犯人にでっち上げた。でもその男が犯人であるわけないんだ。俺の知ってる人だから」

「えっ」

「彼女のアパートの隣人さ。交際中俺も何度も彼女のアパートで逢った。気さくないい人だった。警察の言い分はこうさ。隣人は警備会社に勤務していたが被害者に恋慕し、交際を迫った。だが被害者に断られ、かっとなって刺したとね。警備会社勤務だから夜は勤務地にいるのに、犯行時間をずらして無理やり供述書を作ったんだ。だが凶器のナイフが容疑者の部屋から出てこない。あたりまえだ、そんなもの持ってないんだから。警察は、それは容疑者が処分したと調書に書いた。

一審で懲役十五年を今控訴中だ。やりきれなくなって俺は警察を辞めた」

そういう過去があったのかと真樹子は思った。酔いが回ってきた。

「ねえ祐樹さん」

「なんだい」

「私を抱いてもいいわよ」

祐樹は飲み干したビール缶に煙草を入れた。

「俺が何をするかわからないって言ったのはあんたを戒めるためさ。俺は今、あんたを抱くことはできない」

言ったきり祐樹は押し黙った。

「私に魅力がないの？」

祐樹はワインの入った真樹子のグラスを持つと一気に飲み干した。

「縁談があるんだ」

真樹子は驚いた。しかしおかしな話ではないとすぐ気がついた。

「姉の知り合いが世話してくれた。W大学出で元警察官というのが気に入られたようだ。先週の日曜その女性に会い、交際する返事をした。俺だっていつまでも姉の家にはいられない」

「魅力的な人？」

「愚問だぜ、真樹ちゃん」

「愚問？」

「都会を捨てて郷里へ戻ったんだ。この町に生まれたと言っても俺は都落ちだ。そんな男に縁談を世話してくれた、その女性と結婚するしかないじゃないか。近々花屋も辞める。警備会社に再就職をする。冤罪をこうむった隣人の代わりに、という思いからだけどね」

つくづく自分は男に縁がないんだと真樹子は思った。

「それじゃせめて添い寝して」

真樹子は服を脱ぎ、パジャマに着替えた。祐樹は目をそらした。見てもいいのよ、なんて言えない。だが真樹子は見てほしかった。肌の艶が衰えても自分は女だ。

ベッドに入ったが、祐樹はそのまま朝まで起きていたようだった。

九月に入ると祐樹はスーパーの花売り場にいなくなった。まだ二十歳くらいのあどけない娘がエプロンを着けて店にいた。

「ススキとリンドウとオミナエシ頂戴」

わかりましたと娘は花を探して包装した。代金を払う真樹子に娘は、「生け花の山野先生ですね」と言った。

「私のこと知っているの？」

くすっと娘は笑った。

「ここのパートに入る時、一之瀬さんに言われたんです。山野って生け花の先生が買いに来るから、その時はよく花を選んでくれって。綺麗な人だからすぐわかるって」

「一之瀬さんはもう結婚したの？」

娘がまた笑う、本当に屈託のない笑顔だ。

「相手の方と一緒に暮らしているようですが、披露宴は来年三月だそうです。式場がなかなかとれなかったらしくって」

真樹子は思った。人口の少ないこの街でも、どんどん新しい夫婦が誕生しているのだ。自分一人取り残されたような気がした。

家に帰り真樹子は花を生ける。いつもの歌を口ずさむ。

いきはよいよいかえりはこわい

こわいながらも通りゃんせ、通りゃんせ

十月、町内会長に頼まれて真樹子は、地区の体育祭に出た。場所は母校の小学校。

今まで出席を頼まれたことはなかった。だが、行楽日和の日曜日開催なので、年々参加者が減ってきているのだという。人数が足らないからと頼まれたのだ。この日は、児童は登校日ではないのだが、真樹子は小学生の時は欠かさず出席した。まじめだったのではない、特にすることがなかったからだ。父は真樹子をドライブにも海水浴にも連れて行かなかった。また真樹子も外へ出るのが好きな方ではなかった。

体育祭は町内対抗だ。真樹子は自分の町内のテントに入った。

「真樹ちゃん、キックリレーに出てくれる？　次の次の競技なの」

家の隣の山本和子が言った。七十歳だが若々しく見える。活発な性格で、いつも町内の何かの役職についている。

「キックリレーって何をするんですか？」

「トラックを五〇mぶん、ボールをキックして走るのよ」

なんとも自分にとって苦手な種目を押し付けるものだ、と思った。だが、これは楽だという競技などあるわけもない。仕方なしに集合場所である校庭の片隅に行った。

向こうのテントに敏彦が立っていた。ぺこぺこ頭を下げている。選挙のお願いだろう。県議選は十月下旬だ。市役所で噂していた。定数五人の県議に六人立候補するが、敏彦は落選するのではないか。他の候補はなにがしかのバックがあるが、敏彦は、できて間もない野党からの出馬だ。しかも選挙区に帰ってきたのが八月。運動期間が短すぎる。地盤も看板もない、多分カバン——資金も。

夜チャイムが鳴った。ふと真樹子は祐樹が来たのかと思った。彼に惹かれているのかと思うと自分が嫌になる。

玄関戸を開けた。敏彦だった。

「こんばんわ」

「なんの用ですか？」

訊ねるが敏彦は口を濁す。

「失礼だが、上がらせてもらえますか？」

真樹子は少し不愉快だった、

「私が一人暮らしと知って上がろうとするんですか？ 私だって女ですよ。あなたが家に入ったら何をされるかわからない。言いたいことがあるんなら、ここで言ってください」

「実は……金を貸していただきたいんです」

真樹子はあんぐりと口を開けてしまった。どこまでこの男は無神経なのだろう。それにしても、なぜ今金が要るのか。

「今回の選挙で、選挙ポスターやリーフレット、事務所の賃料とかで貯金をほとんど使いきってしまったんです。もし落選したら生活費がありません」

「それでいくら貸してほしいの？」

敏彦は真樹子を見つめた。

「できれば……三百万」

「ふざけないで！」

真樹子が叫んだ。

「まだ落選が決まったわけじゃないし、たとえ落選したって仕事を探せばいいじゃない。すぐ見つからなかったとしても、あなたの生活はひと月何万かかるの？」

敏彦はしばらく黙っていたが、意を決したように口を開いた。

「娘がいるんだ」

「むすめ？」

「去年東京で結婚したんだ。相手は再婚で僕より三つ歳上。高校三年の娘がいる。来年受験で東京の私立大学を受ける。合格したら入学金や授業料で軽く百万円は飛ぶ」

真樹子は体の力が抜けた。敏彦を愛していたわけではなかったが、もしや自分の所へ帰ってくるかもと思っていた、それなのに結婚していた。

「大学はあきらめるのね」

「それは困る、今どき大学を出ていないと就職ができない」

「だったらさっさとお嫁に行けと言いなさい」

ガシャンと玄関戸を閉め、鍵をかけた。二度目のあばずれ女演出だなと思った。

県議会議員選挙の投票日が来た。真樹子は父が入っていた政党の候補に入れた。思えば敏彦は父の政党を離れ、別の政党から立候補したのだ。義理というものは彼にはないのか。

翌日の新聞に開票結果が出ていた。敏彦は落選。万歳する当選者、がっくり肩を落とす敏彦、双方の写真が新聞に載った。敏彦は最下位当選者にはるかに差をつけられていた。供託金没収レベルだろう。選挙のたびにピリピリしていた両親を思い出す。敏彦と結婚しなかったのは幸いだったかもしれない。

日曜日、駅前のデパートへ行った。

「山野さん」

後ろから女の声がした。藤崎美和だった。

「何かお買いもの？」

まずいところで逢ったと思った。ブラジャーを買いに来たのだ。女同士だから構わないと思いたいが、胸のサイズやカップを知られるのはいい気持ちではない。だが、今日買わないと他の日曜日は予定がある。仕方がないからその旨告げた。

「奇遇ね、私もそうなの」

本当にそうだろうかと思った。

買い物を済ませた二人はデパートを出て喫茶店に入った。美和が誘ったのだ。真樹子は気が進まなかったが、一方で美和の近況に関心があった。

「元婚約者、落選したね」

美和の言葉に真樹子はびくんとした。

「飯野さんのこと知ってたの？」

「狭い町だからね」

美和はカフェオレを一口飲んだ。

「花屋の一之瀬さんも結婚したってね、あなたがお気に入りの」

そんなことまで知っているのか。

「お気に入りって、どういう意味？」

「あら、お気に入りじゃなかったの?」

どこから情報を仕入れたのだろう。もしかしたら生け花を教えているから、家の近くの花屋を回って、それとなく自分に関する情報を仕入れたのだろうか。スーパーの花売り場は真樹子の家から一番近い。だから足しげく通ったのだろうか。恐ろしい女だと思った。

「ところで私、勤め先が決まったんだ。司法書士事務所の補助係」

真樹子は思った、向き不向きもあるにせよ、例えばスーパーのレジなんて仕事は、彼女は嫌なのだ。○○士事務所とかいう職場がハイブロウでいいのだろう。

「独身よ、四十歳」

にやっと美和が笑った。結婚する気だろうか。

「ところでさ、同級生の西野恭子も離婚したって。どう、独身女三人で女子会しない?」

真樹子の背筋が震えた。この女はどこまで人の情報に詳しいのだろう。

「私は遠慮願うわ」

「どうして?」

「とにかく遠慮しとく」

真樹子は伝票を持って立ち上がった。

「おごってくれるの？　ありがとう」

真樹子は思った。カフェオレ一杯くらいおごってやる、そのかわりあんたとは二度とお茶しないから。

大晦日の朝、真樹子は新聞の地元欄を見て仰天した。女性車にはねられ死亡、と見出しがあり文中「○○市○○町の一之瀬由香さん（26）が29日午後10時頃市道を歩行中、飲酒運転している車にはねられ搬送先の病院で死亡した」と書かれていた。

一之瀬という名字はこの辺では多くない。亡くなった女性の年齢も住んでいるところも祐樹と無関係とは思えない。彼に妹はいたのだろうか、それとも彼の配偶者？　披露宴前に入籍を済ませれば女性は一之瀬姓だ。だが、もし彼が養子に入ったら、彼の方の名字が変わるはず。

真樹子は混乱した。だがこのことをスーパーの花売り場の娘に訊くことはためらわれた。第一正月用の花はもう生けてしまった。用もないのに、いや亡くなった女性は祐樹の妻なのかを訊くためになんて行くなんてできない。

元旦を迎えた。

真樹子の正月はいつもの生活と変わらない。年末大掃除はしない代わり、暇な時しょっちゅう掃除をする。門松もしめ飾りも出さない。鏡餅も置かない。ただ生け花を教える居間の掛け軸は新春用にした。郵便局員が年賀状を持ってきた。真樹子にとって年賀状はあまり見たくないものだ。

二十代のころ高校大学の同級生からぽつぽつと「結婚しました」あるいは「結婚して初めての新春です」という年賀状が来た。それが数年たつと「子供が生まれました」「子供が何歳になりました」に変わってきた。御丁寧に写真付きで。藤崎美和からは来ない。彼女は昔から来なかった。もし再婚したら翌年は来るに違いないが。

中の一枚にはっとした。結婚しましたという年賀状だが、一之瀬祐樹、由香の連名だった。

やはり死亡したのは祐樹の妻だったのだ。事故の前に出したのだろう。宛先はパソコン印字なので、祐樹が出したかどうかわからない。だが、妻が自分に出すわけがない。おそらく妻は祐樹に出す先をリストアップしてもらい、祐樹はその中に自分の名前と住所を書いたのだろう。花店に勤めていたので、妻は女性の名前があってもおかしいとは思わなかったのだろう。真樹子というささか古臭い名前から年寄りの生け花のセンセイを思い浮かべたかもしれない。

一月三日の夜真樹子の携帯が鳴った。出ると一之瀬です、という声がした。どう返事をすればいいか迷った真樹子は、何？　とだけ言った。

「今から真樹ちゃんの家へ行ってもいい？」

「ひとり暮らしの私の家に来ると私が怪しまれるんじゃなかったの？」

「いや、もう怪しまれないんだ」

「どういう意味よ」

祐樹が来た。真樹子の部屋のベッドに二人は並んで座った。祐樹はそれほど落ち込んでいるようには見えなかった。

「奥さん亡くなったのね」

「俺たち上手くいってなかったんだ。あの日も喧嘩して、あいつはアパートを出て行った、そしてはねられた」

祐樹は宙を見た。

「あいつが死んで初めてわかった。俺が誰を本当は好きなのか」

真樹子はどきっとした。

「俺、花売り場に戻るつもりだ」

「警備員辞めるの？」

「誰もいないビルで夜を過ごすのを考えてみなよ」

「そうね」

「俺は花や人と接するのが性に合っているんだ」

祐樹は真樹子を見つめた。

「あんた、子供を産みたいと思わないか？」

思いもよらぬ問いかけに真樹子は驚いた。

「相手がいないわよ」

言ってから随分大胆なことを言ったと顔が赤くなった。

「俺、あんたとの子供を育てたいんだ」

「それって、プロポーズ？」

「いや、俺だってまさか嫁に死なれてすぐ再婚てわけ゛にもいかない」

それはそうだろう。

「結婚しないで、あなたとの子供を育てるの？　認知はしてくれるの？」

祐樹は黙っている。そういえば、と真樹子は思い出した。父は私生児がいた。愛人がいたのだ。今考えてみればその子はおそらく自分と同世代だ。だが、どこのだれかは知らない。もちろん母も何も言わなかった。愛人のことも私生児のことも、町のうわさで伝わってきたのだ。

祐樹は私に愛人になれと言いたいのか――

「認知というか……いつかあんたと結婚したい」

「私、今年三十六歳よ、産めるかしら」

「不妊治療をすればいい」

「独身で不妊治療ができると思うの？」

また祐樹は黙る。男って勝手だとつくづく思う。

「じゃあこうしよう、婚姻届を出して俺は山野姓にするけど、表向き一之瀬姓で行く。あんたは苗字を変えないほうがいい。俺はアパートで暮らして週末の夜ここへ来る」

なんとも奇妙な夫婦だと思った。

「あなたの目的は私と結婚すること？　それともあなたとの子供を私が産むこと？」

「子供ができりゃ一番いい。でも、もしできなくてもあんたと結婚したい」

祖母の歌が聴こえてくる。通りゃんせ通りゃんせ

（お婆ちゃん、おばあちゃんは私に、この人と結婚しろって言うの？）

祖母は祖父の後妻だった。祖父は最初の妻と死に別れ、祖母は先夫と離婚していた。祖母は自分の息子と、祖父の先妻の子である父を育てた。ただし祖母は自分の息子を祖父と養子縁組しなかったから、彼の苗字は山野ではなかった。母からは、祖母は自分の家系を絶やしたくなかったからだと言っていた。だが真樹子にとって、それゆえ「おじ」と言えない祖母の息子は若くして病死した。祖母の家系は絶えた。

祖母がどういう思いで人生を歩んできたかわからない。だが彼女は自分に、女の人生は多難だと暗に言いたくてあの歌を歌ったのだろうか。いきはよいよい、かえりはこわい——

そうだ、結婚するのはいい。だが後戻りはできない、もし後戻りをしようとしたら……例えばもし子供ができても祐樹が自分の元を去っていったら——

しかしそんなことを今考えてもしょうがないことだった。自分も一之瀬に惹かれているではないか。まだ歩いたことのない細道を通ってみるのもいいのではないか。

「祐樹さん」

「なんだい」

「キスして」

　こわいながらも、通りゃんせ、通りゃんせ
祐樹の顔が近づいてきた。

過ぎていった日々

北野浩一が仕事から帰ると郵便受けに手紙が入っていた。宛名は自分の名。美しい女文字だった。パソコンメールやスマホの時代に珍しいと浩一は思った。妻に見られなくてよかったとも思った。差出人の名前を見ようとしたが、老眼が進み読めない。浩一は手紙をスーツの内ポケットに入れ、玄関ドアを開けた。

「おかえりなさい、夕飯できてますよ」

台所から妻の恵子の声がした。

浩一は、いったん書斎の机の引き出しに手紙を入れてから台所に行き、冷蔵庫から缶ビールを出し、プルタブを引いた。

「健太郎はまだ帰っていないのか」

「大学のサークルの飲み会よ。優理香は二階で受験勉強」

「国立には入れそうか」

「どこだっていいじゃない。私立でもここから通えれば地方の国立大学へ行くより安く済むわ」

浩一は夕食を摂り、入浴を済ますとウィスキーのロックを作り書斎に入った。

老眼鏡をかけ、再び差出人の名前を見た。住所はなく、篠山加奈子とだけ書かれていた。浩一の大学の同級生だ。

（篠山か――でも、なぜ俺の家の住所を知っているのだろう）

浩一は十年前家を建てた。その時知人にハガキで新居に移ったことを知らせた。加奈子にも送ったのだろうか。封を切った。


　拝啓、初秋の候いかがお過ごしでしょうか。先月退職した夫とともに帰国いたしました。米国滞在中拙宅は娘夫婦に貸してあったのですが、この際だからと家は娘たちに渡し、私どもはマンションを購入し、そこに夫と二人で暮らすことにしました。

　先日どうにか荷物は移しましたが未開封の梱包が山ほどあり、少しうんざりしています（若いころはいろんなものを買ったものだと思います　笑）。

　落ち着いたら一度北野様とゆっくり大学時代のことなどを話し合えたらと思っております。逢う日時や場所はお任せいたします。

かしこ

便箋の端にメールアドレスが書かれていた。パソコン用のものだろう。

ふざけているのか、と浩一は思った。夫も娘もいる女が同じく妻子ある俺と逢いたいなんて。それに手紙か。妻が見たらどう思うかわかっているのか。そのくせそっちへの連絡はメールか。

浩一と加奈子は都内の同じ私立大学出身で、共に学内の文芸サークルに所属していた。あのころ浩一は小説を試みたのだが、才能がないことをいやというほど思い知らされた。加奈子は詩を書いていた。

在学中、浩一と加奈子は確かに彼氏彼女の関係と言えた。卒業後浩一は保険会社に就職し、加奈子は銀行に入った。今思えば都市銀行に入れたのは試験の成績よりも容貌が美しかったからかもしれない。

ウィスキーを一口飲む。浩一はある感慨を覚えた。あの時代は都内の私立大学の女子学生であることは、ある種のステイタスだった。今は子供が減り、優理香のような、あまりパッとしない成績でもどこかの大学に入れるようだ。夏休み前は毎日のようにオープンキャンパスの案内チラシが届いた。進学に反対するわけではないが、子供二人の学費を出すのはかなり苦しい。

あのころは女が四年制の大学を出て都市銀行に入るということは、婚期が遅れること必至だった。いや、大半の女子大生が結婚など考えていなかったかもしれない。週末は休めてそこそこ給料があれば、その境遇を捨ててまで（結婚するということはそういうことだと誰もが思っていた）男と一緒になろうとは思わなかったに違いない。

だが上司が加奈子を気に入ったのだろう、大手鉄鋼会社の男性社員に紹介し二人は結婚した（それだって銀行側が鉄鋼会社に融資をしたかったためだろう。バブルの絶頂期だった）。加奈子から披露宴の招待状が来た時、妙な感じがした。いくら大学やサークルが同じでも新婦側が親族以外の男を呼ぶだろうか。会社の上司なら別かもしれないが。

披露宴での加奈子は幸せそうだった。サークルの女子も出席しており加奈子のウェディングドレス姿に目を輝かせていた。

そういえば、と浩一はアルバムを出した。披露宴での新郎新婦をサークルのメンバーが囲った写真があった。申し合わせたように皆ピースサインをしているなか、無表情の自分が突っ立っている。両手は下げたまま。

浩一は手紙を引き出しに入れ鍵をかけた。

数日後、帰宅すると恵子が小走りにやってきた。

「あなた、これなんなの？」

持っていた封書を見せた。筆跡を見ればわかる。老眼鏡など必要ない、加奈子からだ。

「大学の同級生だよ。俺も困ってるんだ」

「この女と浮気してるの？」

「馬鹿なこと言うな」

とはいえ何が書かれているかは気にかかる。ちょっと見せてくれ、というとそれでも恵子は手紙を渡してくれた。だが恵子の前で封は切れない。書斎に入り老眼鏡をかけ封を切る。

内容は前回とほぼ同じだった。逢いたいと書かれていた。

夕食後、浩一は加奈子にメールを送った。浩一はキイを打つのが遅く、いつも健太郎や優理香に笑われる。二人は言う、お父さん、今はＬＩＮＥの時代だよ。もっともお父さんはＬＩＮＥでメッセを打つのも遅いだろうね。

——何度も手紙を送ってどういうつもりだ

返信が来た。

――手紙に書いた通り、あなたに逢いたいの

仕方なく浩一は日曜日の午後一時に都内某ホテルの喫茶ルームで待つ、と送った。

当日浩一は妻に大型書店に行くと言って家を出た。昼食を摂ってからでは遅れるので昼前に出た。コンビニでサンドウィッチを買い、電車のホームのベンチに腰掛けて食べた。一時五分前に喫茶ルームに入りブレンドコーヒーを注文した。

一時ちょうどに加奈子が現れた。水色のスーツだった。浩一にお久しぶりと言い、向かいの席に座った。ウェイトレスが来たのでブレンドコーヒーを頼んだ。

「ストレートコーヒーじゃないといけないんじゃなかったっけ」

ふっと加奈子が笑う。

「五十五歳にもなったから気取るのはやめたの。もともとコーヒーは好きじゃなかったのよ。まあアメリカ暮らしで慣れたけど。いわゆるアメリカンコーヒーってやつ」

浩一は驚いた。学生時代二人で喫茶店に入ると加奈子は必ずモカを注文したものだったのに。

しばらくしてコーヒーが届いた。

「俺の住所はどうやって調べた?」

「探偵事務所に頼んだの」

加奈子はコーヒーを一口飲んだ。

「北野さん最近どう?」

加奈子から「さん」付けで呼ばれた。大学時代は「北野君」だった。

「どうって何が」

「夫婦生活よ」

「冗談言うなよ。物干しにかかっている女房の下着さえ見る気になれない」

「不倫はしないの?　部下の女子と」

「おまえ、からかっているのか?」

「私、今まで、それなりに幸せだったなあって思う。でも恋愛だけは経験してこなかったのよ。夫とは見合いだったし」

「いい歳こいて発情期か」

「犬か猫みたいに言わないでよ。女って熟れてくると冒険がしたくなるんだって、自分が老けてわかったの。でもそういう恋の相手っていないないなあと思った時、あなたのことを思いだしたの」

「つまり、俺と恋愛しようってわけか」

言ってから浩一は妙な気になった。大学時代加奈子と性交渉はなかった。求めれば拒まれると思っていた。実際加奈子はサークルでは高根の花だった。自分は付き合っているというより、付き合ってくれているという感じだった。言い方は悪いが寄ってくる男を追っ払う番犬みたいなものだった。

「大学の時あんなに良い詩を書いていた篠山が今、愛に飢えている、ってとこか」

「このホテルのチェックインは午後三時なの」

「何が言いたい」

「夫には、今日友だちと逢うから夕食は一人で摂ってって言ったの。だから」

「二人でチェックインするのか」

加奈子が頷いた。

「あなたと逢うことになったから予約しておいたの」

「お互い一泊はできないだろう?」

「……が終わったら」

「え?」

「セックスが終わったら、急用ができたって言って、私、二人の一泊分払って出るわ」

浩一は唾を飲み込んだ。今さらながら加奈子の妖艶な美しさに気づいた。

「三時までどうするつもりだ」

「私たちの大学を見に行きましょう。ここから近いわよね？」

加奈子と浩一は地下鉄に乗り、二人の通った大学前の駅で降りた。大学へ行くのは卒業以来だから三十三年ぶりだ。

キャンパスを見て二人は同時にあっと叫んだ。学んだ校舎はすべて建て替えられている。大学校舎というより巨大な企業ビルといった感じだ。浩一はショルダーバッグで通ったが周囲の学生たちはリュックサックで、皆が皆スマートフォンを見ながら歩いている。

「今でも文芸サークルはあるのかな」

「もうないでしょうね」

二人はベンチに腰かけた。

「あのころは良かったなあ。車を飛ばしたりディスコへ行ったり」

「それでも就職は苦労しなかったわよね」

今の学生たちに、パソコンもスマホもなかったんだと言ったらどういう顔をするだろう。だがそのかわりテレビはドラマがあり洋画劇場があり歌番組があった。芸能誌も青年向け雑誌もあった。どの少年週刊誌も面白かった。

「北野さんは恋愛結婚だったっけ」

「まあそんなもんだな、社内恋愛ってやつさ。社外の女性とはなかなかいい出会いがなかったな」

うーん、と加奈子が背伸びした。

「私の人生ってなんだったんだろう」

「エリート社員の妻が、なに大げさなこと言ってるんだ」

「大げさかしら。子育てと主婦業に追われ、おまけに夫の転勤に付随して。手紙にも書いたけどつい最近までアメリカにいたのよ」

「それで不倫しようって思ったわけか」

「これが私の最後の冒険よ」

ホテルの入り口まで来た時、浩一は立ち止まった。

「どうしたの？」

「俺、帰るわ」

「えっ」

「俺無理だ。大学時代の彼女と、この歳になってセックスなんてできない」

加奈子の眉間にしわが寄った。浩一は見てはいけないものを見た気がした。目の前の女は大学時代の美しい加奈子でなく五十五歳の女なのだ。

「じゃあ」

浩一は振り返って歩いた。

通り道のレストランの窓ガラスに自分の顔が映った。白髪が増えたなと思った。


家に帰ると、おかえりなさい！　と健太郎と優理香が駆け寄ってきた。

「お父さん帰るの早かったね、やっぱりデートじゃなかったのね」

「デート？」

何のことかと浩一は思った。健太郎が口を開いた。

「お母さんが落ち込んじゃってさ。お父さんがブレザー着て出て行くものだから、きっと手紙の女とデートなんだって言って。もしかしたら今日は帰ってこないかもって言って泣いていたんだ」

女の勘は鋭い。優理香が微笑んだ。

「お父さん今日は何の日か知ってる？」

「さあ、何の日だったっけ」

やったぁ！　晩はすき焼きだ！　と優理香が叫んだ。何のことか浩一にはわからない。健太郎が言った。

「優理香と賭けたんだ。お父さんは今日が結婚記念日だと覚えているかって」

ああ、そうだったのか、と浩一は思った。

「何を賭けたんだ」

「晩御飯の献立さ。俺は焼き肉で優理香はすき焼き」

「つまり優理香は覚えていない方か」

「そうさ、お父さんちゃんと覚えていてよ」

どっちにしろ肉料理か、食べ盛りだな。ふっと浩一は笑った。

「何がおかしいの？」

「俺にもお前くらいの歳の時があったと思ったからさ。お前彼女はいるのか？」

「唐突に、なに変なこと言ってんの、いるわけないよ」

奥から恵子が出てきた。

「さ、二人ともついていらっしゃい」

「どこへ行くんだ」

「買い出しよ、晩のおかず。すき焼きにするんでしょ」

夕食のあと浩一は書斎で、今度は自分の結婚披露宴の写真を見た。俺の人生はどうだったかなと思った。

ささやかなこの人生

昨年の豪雪が嘘のような雪のない冬だった。とはいえ三月に入ったばかりで風は冷たい。

佐々木俊介が事務所で新築現場の見積りを作るためパソコンを操作していると、郵便局員が封書を持ってきた。自分宛で差出人は相川久美子。高校の同級生だった。俊介は封を切った。

拝啓　札幌も春の訪れを感じる今日この頃でございます。

先日は同窓会の案内状をご送付くださりましてありがとうございました。佐々木様（昔みたいに佐々木君とは書けませんね）もお元気そうで何よりです。

返信のはがきにも記入いたしましたが残念ながら同窓会には出席できません。大変残念でございますが同級生の皆様にはよろしくお伝えくださいませ。

かしこ

追伸　初孫がお生まれになったんですってね。おめでとうございます。

相川（旧姓西村）久美子

俊介は便箋に万年筆で書かれた文字を目で追った。封筒には同窓会出欠の返事のはがきが二つ折りで入っており、手紙の通り欠席に丸が付けられていた。

まったくの成り行きから俊介は高校の同窓会の事務局をすることになった。前年に同窓会総会という卒業生全員の同窓会があり、俊介の同級生たちの二次会で来年は自分たちの学年だけの同窓会をしようということになったのだ。地元に住むものが実行委員となり、在学時生徒会副会長だった岩崎綾子が同窓会案内の印刷の手配をした。出欠の返信は俊介宛になった。ゴールデンウィークの中日に市内の料亭ですることとなっている。俊介は高校時代を思い返した。

昭和五十五年、と言っても今の人たちにはピンと来なくなってしまった。西暦一九八〇年。俊介は高校二年に進級した。五月に入り、校内合唱コンクールの曲目を選定することになった。俊介のクラスの男子がフォークデュオ「風」の「ささやかなこの人生」を歌おうと言った。クラスメイトは賛同し、西村久美子がピアノ伴奏をすることになった。だがピアノ伴奏譜がなく、ギター弾き語り用の、メロディにコードネームのついたものしかなかった。ギターの弾けた俊介が久美子にコードを教えることになった。

土曜日の放課後、俊介は久美子に声をかけられた。そう、あのころはまだ週休二日ではなかった。とはいえ土曜日の授業は午前中だけだったが。俊介は弁当を食べ終え、吹奏楽部の練習に行くところだった。ということは放送部の久美子も部活だったのだろうか。

「佐々木君、明日私の家に来てくれる？」

「どうして？」

「楽譜のコードを教えてほしいの」

教室にはほかに女子が数名いたが、俊介と久美子の会話には注視しなかった。今思えば気を利かせていたのだろうか。俊介は妹のエレクトーンを弾いてコードの構成音を勉強していたので教えることはできた。

日曜日、俊介はギターを持って電車に乗った。久美子に言われた駅で降りると彼女が待っていた。久美子の家は駅から歩いて十分ほどだった。

久美子の家に入ると遠くから「いらっしゃいませぇー！」と甲高い声がした。たたたっと廊下を走る音とともに小学校高学年くらいの女の子が現れた。久美子が顔をしかめて階段を下りてきた。

「エミはあっち行ってて」

うひひィとエミは笑って奥へ行った。

「妹よ。今日クラスの男子が来るって言ったら、お姉ちゃんの彼氏だと言って大騒ぎ」

階段を上りドアを開けると甘い香りがした。女子の部屋ってこんな香りがするんだと俊介は思った。世良公則のポスターが貼ってあった。奥のタンスに目が行った。きっとあそこには久美子の下着があるのだろう、そう思うと下腹部が硬くなった。勃起を悟られまい、と気をつけた。

久美子がピアノの蓋を開け、「ささやかなこの人生」の楽譜を置こうとするのを俊介が遮った。スポーツバッグから五線紙ノートを出して譜面立てに置いた。あのころは何でもかんでもスポーツバッグに入れたものだ。ノートにはニ長調の音階が書かれている。

「ニ長調の構成音はわかってるよな」

「うん」

「各々の音をルートとする三和音にコードネームを書いておいた。Dが主和音、Gがサブドミナントだ」

教え始めると久美子の呑み込みは早かった。三十分もしないうちにピアノ伴奏ができるようになった。

翌日の放課後、俊介のクラスは音楽室で久美子のピアノ伴奏に合わせて歌った。委員長の山崎卓也が言った。

「佐々木のギターも入れようぜ、そのほうがサウンドに厚みが出る」

翌日俊介はギターを持って登校し、練習では久美子のピアノとともにギターを弾いた。確かにサウンドが賑やかになった。俊介のクラスは学年予選を突破した。

本選前日の放課後、二人は音楽室で練習した。午後六時近くなり、運動部も文化部も練習を終える時刻となった。

「もう終わろうぜ」

俊介がギターをケースに入れた。音楽室を出ようとしたら久美子が、待って、と言った。

「なんだよ」

「キスして」

久美子の言葉に俊介は戸惑った。久美子に女子としての関心はあったが、恋心までは抱いていなかった。

「今この瞬間、俊介君とともにいるこの時間を、永遠に私の心に留めておきたいの」

「俺のことが好きなのかよ」

久美子はうなずいた。

「未来のことはわからないけど、私、もしかして一生独身かもしれない。男性の唇ってどんなのか、経験したいの」

久美子は目を閉じ、顔を上向けた。

「キスなんてできないよ」

「できないの？　いくじなし」

「なにぃ！」

俊介は久美子を抱き寄せ唇を重ねた。右手を下げ、久美子の胸にあてた。久美子のぬくもりが俊介の掌に伝わった。

そこまでよ、と久美子は言い両手で俊介を押した。にやっと笑って、さよなら、と言い鞄を持って音楽室を出て行った。

本選は努力賞だった。

その後俊介は特に久美子と会話した覚えはない。修学旅行の時も行動は別々だった。三年になりクラスも分かれた。久美子は東京の国立大学に進学し、俊介は一浪のあと京都の私立大学に進学したが、大学が性に合わず中退し、家業の建材店を継いだ。

長い間、久美子がどこに住んでいるか俊介はわからなかった。同窓会の名簿を見て、初めて久美子が札幌にいることを知った。結婚相手の転勤だろうなとは思ったが、ずいぶん遠い所へ行ったものだとも思った。しばらくの逡巡ののち、俊介は返事の手紙を出すことにした。メールアドレスがあればパソコンで送るのだが、それは書かれていなかった。

「同窓会に来られなくて残念です」と書き、迷った末「一度お会いしたいです」と書き、パソコンのメールアドレスと携帯電話の番号を書いた。

数日たってメールが来た。

初めまして。旧姓西村久美子の長女、相川真理です。

突然で申し訳ないのですが、同窓会に代理で出席してほしいと母に頼まれました。

欠席の返事を出したあとで申し訳ないのですが出席は可能でしょうか。

俊介は驚いた。本人が来られないのは仕方がないが、娘を代理で同窓会に出席させるなんて聞いたためしがない。だが断る理由もない、というより俊介は久美子の娘に会ってみたいと思った。出席者が急に一人増えたところで困ることはない。それに返事の締め切り前だった。

俊介は返信した。ぜひ来てほしい、だが会場がどこかわからないだろう。武生駅の近くだから、到着する時間を教えてくれれば駅で待っていると。料亭は駅から徒歩で十分ほどだった。返信が来た。「同窓会前日に到着時間をメールします」。

同窓会当日、俊介は列車が着く時間に合わせて駅に着いた。同学年だけのくだけた同窓会なので、俊介はネクタイを締めずブレザーも着ていなかった。特急列車が止まり、キャリーバッグを引いた若い女性が改札口から出てきた。水色のロングスカートに白のブラウス、ピンクの薄地のカーディガン。俊介が手を挙げると女性はにこやかに笑った。

「佐々木さんですね、相川真理です」

「荷物があるのなら車で来ればよかったな」

だが俊介は車で来なかった。酒を飲むからだ。

「少しお待ちいただけますか、ホテルにチェックインしますので」

「じゃあ今日は武生《こっち》に泊まるのか」

真理はおかしそうに笑った。

「北海道から福井へ日帰り旅行はできません」

ホテルは駅前にあった。ロビーで待っていると、バッグ一つ肩に提げて真理がエレベーターから出てきた。二人は並んで駅前の道を歩いた。

「君、仕事は何してるの?」

「昨年大学院を修了して、教職についています」

「お母さんは元気かい」

当たり障りのない会話のつもりだった。だが真理の表情が曇った。

「母は入院しているんです」

「だいぶ悪いのかい?」

「すい臓がんです。もう持たないそうです」

だから同窓会を欠席したのだなと俊介は思った。だが、それならなぜ代理で娘をよこしたのだろう。

「母に頼まれたんです。同窓会の集合写真を撮ってきてくれって」

「君のお母さんが札幌にいるとは驚いたよ」

「父が医師でして、札幌の病院に、いわばヘッドハンティングされたんです。娘がこんなこと言うと自慢になるかしら」

　そんなインテリと結婚していたのかと俊介は思った。自分は建材屋として工事現場への配達に追われるまま婚期を逃していた。と思ったらある人の紹介で離婚歴ある女性と逢った。その時女性には中学生の娘がいた。俊介は女性と結婚し、娘と養子縁組した。数年前嫁に出し、昨年男児を出産した。誰かが久美子への年賀状でそのことを書いたのだろう。

「不思議なことがあったんです。何日か前に母の病室へ行ったら、気分がいいのか鼻歌を歌っていたんです。それ、何の歌？　って訊いたら、『ささやかなこの人生』だって」

　合唱コンクールで歌った歌だが、俊介は黙っていた。

「この歌が私の一生の思い出なのよ。そのことを佐々木さんに伝えておいてって言われました」

　それは、本選前日の音楽室での出来事のことを意味しているのだろうか。

料亭の戸を開け、仲居に案内され部屋に入ると女性が二人いた。実行委員の岩崎綾子と岡野妙子だった。

「佐々木さん、娘さんと同伴なの？」

綾子が笑った。

「いや、西村の娘さんさ。お母さんの代理で出席ってわけだ」

綾子の表情が改まった。

「あら、クミの娘さんなの、遠いところからご苦労様」

「孫が生まれたことはお前が西村に知らせたのか」

綾子は右手を挙げた。イエスの意味だろう。

「クミとはずっと年賀状のやりとりしてたのよ。それが今年はクミから来なくて、どうしたのかなって思ったの。お母さんは元気？」

俊介が事情を話した。綾子が驚いた顔をした。

「あらそう、ごめんなさい。でもね、クミの学年の仲間たちはみな明るいから、今日は楽しくなると思うわ」

同級生たちが続々入ってきた。生徒会長だった滝沢浩紀が乾杯の音頭をとった。

俊介は周りを見た。男性の頭髪はみな白い。女性たちは染めているのだろうが、当たり前だが還暦の面構えだ。皆老けたなと思い、ふっと笑みが浮かんだ。そう言う俺自身そうじゃないか。

若い真理に関心があるのか参加者たちが話しかけ、酒を注ぐ。綾子が言った。

「佐々木君、『ささやかなこの人生』を歌ったら？」

気分が高校時代に戻ったのか「佐々木さん」が「佐々木君」になった。

「真理さん、高校二年の合唱コンクールの時、この歌でお母さんと佐々木君が伴奏したのよ。お母さんはピアノで佐々木君はギター」

「え、そうだったんですか」

真理の表情がパッと明るくなった。

「そうよ、二人は相思相愛だったのよ」

「馬鹿なこと言うな」

俊介が焦った。

「よし、歌おうぜ」

二年の時同じクラスだった高島康太が言った。

「二年十組、前へ！」

十組の男女が前方に並び歌い始めた。

二次会を欠席し、俊介は真理とホテルまで同行した。集合写真は料亭を出る前に撮った。

「母は素晴らしい同級生に囲まれて高校生活を送ったんですね」

「それは今になって言える話さ。あのころは何もかも無我夢中だったよ」

数学や英語をひいひい言って勉強したこと。ラジオの深夜放送に聴き入って寝坊し、遅刻しそうになったこと。いろいろな思いが俊介の脳裏を駆け巡る。

「私、母が歌っていた意味がわかりました。母は佐々木さんのことが好きだったんだと思います」

「まさか」

「本当です、母が高校二年のころ、祖父、つまり母の父の会社が倒産して大変だったそうです」

初めて知った。たしか久美子の父は建設会社を経営していると聞いたことがあった。

「お金がなくて母は進学をあきらめなければならないという時でした。東京の祖父の兄が母と養子縁組したいと言ったんです。生活費はもちろん、大学の学費も払うからと」

「……」

「大伯父は子供がいなかったんです。母は成績優秀で教員志望だったから祖父は大伯父の願いを受け入れたんです。でもそれは同時に母にとって故郷を捨てることでした。大伯父は母に言ったんです。うちの養女になったからには地元に帰らず東京で暮らしてほしい。教員志望なら都内の学校に勤めてほしいと。ちょうど母が高校二年の四月ごろの話だったそうです。春先……年度末って倒産が多いんですってね」

「すると合唱コンクールの少し前の時期に倒産したわけか」

「大学を卒業した母は都内の高校で英語の教師になりました。大伯父が総合病院の医師だった父と見合い結婚させたのです。父は私が生まれたあと、札幌の病院に転勤したのです。よい父でした。ただ――」

「ただ？」

「父は母を愛していたかどうかわかりません。大伯父は製薬会社の重役だったので、医師である父と母の釣り合いは――釣り合いなんていやな言葉ですけど――悪くなかったという程度だったのかもしれません」

　本選前日の久美子の言葉は真実だったのか――いや、独身かもしれないと言っておいて結婚しやがったんだな。裏切者めと俊介は心で笑った。

ホテルの入り口で真理は、今日はありがとうございましたと俊介に一礼した。

梅雨明け宣言がされた数日後、真理から封書が届いた。便箋に万年筆で書かれた手紙だった。母に似て美しい文字だった。

拝啓　札幌も夏の青空が輝くようになりましたが如何お過ごしでしょうか。

まずお知らせしなければなりません。七月七日、七夕の日に母は永眠いたしました。通夜と葬儀を終え、今はほっと一息ついております。

聞くところによると死後に通夜葬儀をすぐ行うのは故人をしのぶ悲しみを紛らわすためだとか。たしかに私にとって肉親の、それも親の死は初めてのことで、心さだまらぬまま葬儀の打ち合わせに追われ、悲しむゆとりなどございませんでした。今になってしみじみと母のやさしさを思い出し、時に涙する今日この頃です。

帰郷後、同窓会の集合写真を見せた時、母はたいそう嬉しそうでした。佐々木さんは元気？　と訊かれ、元気だったわ、みんなが「ささやかなこの人生」を歌ってくれたのよ、と言ったら母は涙を浮かべておりました。同窓会の代理出席が親孝行と言ったら笑われそうですが、でも出席してよかったと思いましたし、ささやかすぎるかもしれませんが親孝行ができたと思います。

ところで旧盆には父と、武生の母の実家の菩提寺へ納骨に参る所存でございます（生前母は、遺骨は郷里の墓に入れてほしいと言っておりました）。その時佐々木様と父と三人で会食できたらと思います。失礼ながら食費は当方にて負担いたします。勝手な申し出で恐縮ですがよろしければご返事いただけると幸甚です。

それでは暑い日が続くでしょうからお身体ご自愛くださいませ。同級生の皆様にもよろしくお伝えください。

かしこ

その晩俊介はクローゼットからギターを出した。久しぶりに「ささやかなこの人生」を弾いてみようと思った。

嫁ぐ日に

あなた、と廊下から良子の声がした。雅樹はリビングのテレビのスイッチを入れ、プロ野球にチャンネルを合わせ、缶ビールを飲むところだった。夏の土曜日の夕方のことだった。

なんだろう、と思った次の瞬間ビールを噴き出した。良子が言ったのだ。明日、安奈が彼氏を紹介するそうよ。

「なんだって⁉」

安奈は雅樹の娘で二十五歳だ。

「だって安奈は俺の娘だぞ」

「あたりまえじゃないの」

「娘が嫁に行っていいのか？」

「いけないってでも言うの？」

良子がリビングに入ってきた。

「安奈はあなたに、お付き合いしている男性を紹介する、って言っただけなのよ。何も今すぐ結婚するって言ってないわ」

「だって、適齢期の娘が彼氏を紹介するってことは、結婚するってことじゃないか」

良子がソファに腰かけた。

「あなた」

「なんだ」

「安奈は結婚してはいけないってことですか?」

雅樹の目が宙を舞った。

安奈が結婚する!

いつか、そんな日が来ることは、雅樹はわかっていた。だがいざ彼氏を紹介されるとなると頭が混乱した。

「それで、結婚式はいつあげるんだ?」

「はあ?」

「いつあげるんだと訊いているんだ!」

「あなた、何度も言いますけど安奈はただあなたに、お付き合いしている男性を紹介すると言っているだけなのよ」

「俺は逢わないぞ」

「ええ?」

「逢わん!」

雅樹は缶ビールを持って立ち、書斎へ入って行った。ビールを飲みながら雅樹はアルバムを眺めた。安奈が高校に入学する時の雅樹とのツーショットだ。撮ったのはもちろん良子。

安奈に結婚相手ができたのか――

アルバムを見ながら雅樹は涙を流した。


翌朝の日曜日、雅樹は朝食を摂ったあと、キッチンのテーブルで朝刊を開いた。

おはよう、と安奈がキッチンに入ってきた。年頃の娘が土曜日に親と夕食を摂るはずもなく、昨日は朝から外出していた。もしかしたら彼氏と逢っていたのかもしれないな、と雅樹は思った。それがますます彼を苛立たせた。

「パパ、今日はよろしく頼むね」

「何を」

雅樹は新聞から目をそらさない。

「昨日ママから聞いたでしょ」

「聞いた」

「だからよろしく頼むね」

「だから何を」

「パパぁ」

安奈は玄関を出て庭へ行った。洗濯物を干していた良子が眉間にしわを寄せてやってきた。後ろに安奈。

「あなた、安奈が泣いているわよ。ホントに今日はちゃんとしてよ」

さすがに雅樹は新聞から目を離し、安奈を見た。安奈の両目から大粒の涙が流れていた。


男は午後二時に来ると良子は言った。雅樹は書斎にいた。

午後二時ちょうど、玄関の開く音がした。こんにちは、と若い男の大きな声がした。いらっしゃい、と良子の声。おあがりください。失礼します。と会話が聞こえる。

良子が書斎に入ってきた。

「あなた、お願いしますよ」

雅樹は覚悟を決めて立ち上がった。座敷に入るとスーツ姿の青年が白い歯を見せて笑っていた。思ったより好青年だな、と雅樹は思った。

（いかんいかん、ここで甘い顔をしてはだめだ）

　雅樹は上座に座った。

「はじめまして。安奈さんとお付き合いしている青柳圭一です」

　安奈さんとお付き合いしている、は余計だと思った。

「本日は、安奈さんとの結婚を前提とした交際をお許しいただきたいと思って御挨拶に参りました」

　やっぱりそうか。

「安奈とはどこで知り合ったんだい？」

「自分は大学でラグビー部に入っていました。安奈さんはチアリーダーで、試合の時に接することが多くて、それで親しくなりました」

　ちっとも知らなかった。

「安奈のどこが気に入った？」

「明るくさわやかなところです」

　まいった、と雅樹は思った。ここは俺の出る幕ではない。

「いいだろう、結婚しなさい」

「え？」

圭一はあまりにもあっさり承諾されたので驚いたようだった。

「ただし今後、私は式や披露宴の打ち合わせには一切関わらない。お母さんと君たちで進めていきなさい」


夕食後、書斎にいる雅樹のところへ安奈が入ってきた。

「パパ、今日はありがとう」

「ああ」

「彼、どうだった？」

「いい青年だよ。しかし若いな」

「私のひとつ年上」

「俺のことは彼に話したのか？」

「うん」

「どう言ってた」

「優しいお父さんだねって」

一か月後、安奈は家を出た。圭一と二人で暮らすのだと言った。挙式は半年後となった。

関わりたくないと言ったのに雅樹は披露宴の打ち合わせに連れ出された。新郎新婦の両親も出席してほしいと式場から連絡があったのだと安奈が言った。

式場に着くと圭一と年配の男女がいた。彼の両親だろうと思った。父親は雅樹よりやや年上のようだった。母親が穏やかな笑顔で、初めましてと言った。黒のスーツを着た女性スタッフが部屋に案内した。

打ち合わせが始まった。引き出物は六品では縁起が悪いので五品か七品にしましょうと言った。

「鰹節と御饅頭は入れたほうがいいですよね」

おいおい、今どき鰹節に饅頭かよと雅樹は思った。

「当日は午前十一時から挙式のリハーサルを行います。お父様はそれまでにモーニングに着替えてください」

「リハーサルのあとで着替えちゃだめなのかい？」

「はい、リハーサルの前に当日挙式前に流すビデオを撮影いたします。その時点ではモーニングでないといけないので」

「それって、父親を泣かすための演出でもするのか？」

女性スタッフは答えなかった。やはり泣かせるんだな。

「当日披露宴ではお父様はご来賓、ご友人、ご親族ご家族の順でビールかウーロン茶を注いでいただきます」

冗談じゃない、と雅樹は思った。安奈を相手の家に取られるうえに、圭一の若い友人たちにまで酒を注がなきゃいけないのか。

打ち合わせは二時間かかり、雅樹はへとへとになった。


挙式の日、雅樹はタクシーで会場に行き控室でモーニングに着替えた。サイズの打ち合わせは事前に済ませてある。良子は朝美容室に行き、黒留袖を着て式場に来た。

「お父様、お母様、こちらへ」

男性スタッフに促されて部屋に入った雅樹は息をのんだ。白無垢の安奈が立っている。

そばに三脚に載ったビデオカメラを覗いている男性もいる。ライトが強く光っている。

披露宴の時、花嫁姿を見て泣いてはいけないと、良子がデジカメで撮った衣装合わせの写真を見て免疫をつけていたのだが、さすがに直に娘の白無垢を見て動揺が隠せなかった。

「皆さんお座りください」

安奈と雅樹、良子はスタッフの指図で、向かい合って座布団の上に正座した。

「新婦さん、手をついてご両親に、今日までありがとうございましたと言ってください」

やめろ、やめてくれ。

安奈は手を突き、今日までありがとうございましたと言った。

「お父さん、娘さんに一言」

「な、何か言わなきゃいけないんですか？」

スタッフが頷く。雅樹はぐっと息をのんだ。

安奈は雅樹の実の娘ではなかった。

母の知り合いから紹介された良子は離婚歴があった。娘がいることも知らされていた。

雅樹と良子と安奈はファミリーレストランで逢った。当時安奈は中学二年生。交際が始まり、雅樹は良子にプロポーズした。安奈を養女にすることも約束した。三人での暮らしは楽しかった。良子は雅樹との子供が欲しかったようだが、年齢のせいか不妊治療をしても子供はできなかった。だから雅樹は安奈が一層可愛かった。

その安奈が、世間の習いとはいえ嫁に行ってしまう……

「圭一君と……幸せな家庭を……築いていってください……」

唸るように雅樹は言った。もう父親の役目は終わったと思った。

挙式が終わり、披露宴になった。乾杯の音頭が取られると新郎新婦を友人が囲み、ピースサインをする、テーブル側の友人がそれをスマホで撮る。

「披露宴もずいぶん様変わりしたわねえ」

良子がつぶやいた。安奈の友人たちが和装でなくカラフルな洋装であることを言っているのかもしれない。そういえばカラオケもやらない。

お色直しが終わり、二人はステージから登場した。安奈はスカーレットのドレス、圭一はシルバーのスーツ。集合写真を撮るということで友人たちが二人の周りに並んで座った。

「皆、明るいな」

「あの二人ですもの、明るい友達ばかりよ」

披露宴の終わり近くスタッフの女性が近づいてきた。

「もうすぐ新婦の手紙の朗読と花束贈呈です、後方に立ってください」

照明が落とされ前方の新郎新婦にスポットが当たった。

司会者が「ではここで新婦様がご両親に感謝の手紙を読み上げます」と言った。

スタッフから手紙を渡された安奈が封筒から便箋を出した。圭一がマイクを向ける。

「皆様、本日は私たちの披露宴にご来場いただきありがとうございます。私は三歳から十四歳まで母との二人暮らしでした。私が生まれて三年後、母は離婚したのです」

雅樹が驚いた。おいおい、そんなこと友人たちの前で言っていいのかよ。

「片親の子だということで後ろ指を指されないよう、ママは私を守ってくれました。そのママが結婚すると知った時、ママを支えてくれる人ができたと嬉しく思いました」

（そんなことを思っていたのか）

不思議と雅樹は冷静になった。涙は流れない。隣の良子は目をぬぐっている。

「新しいパパは優しい人でした。でも帰りが遅い時はものすごく怒られました。パパ、心配させてごめんね。ママ、パパはちょっと頼りないところがあるから、しっかりサポートしてね。私は圭一さんと新しい道を歩んでいきます。パパ、ママ、今までありがとう」

一年後、安奈は男児を出産した。安奈が抱く赤ん坊に雅樹はべろべろばあをして、俺は親バカでなくジジバカになったなと思った。

著者プロフィール

夕紀 祥平（ゆうき しょうへい）

1963年福井県武生市（現越前市）生。文芸社より『四季—由美の青春』（2019年）、東京図書出版より『ラン！』（2019年）を刊行。越前市在住。

川辺でラブソング

2023年 7 月15日 初版第 1 刷発行

著　者　夕紀 祥平
発行者　瓜谷 綱延
発行所　株式会社文芸社
〒160-0022 東京都新宿区新宿1－10－1
電話 03-5369-3060（代表）
03-5369-2299（販売）

印刷所　株式会社暁印刷

ISBN978-4-286-24321-4